HEYNE <

Anna Todd

After passion

Teil 2

Graphic Novel

Aus dem Amerikanischen
von Berenice Koschier

WILHELM HEYNE VERLAG
MÜNCHEN

Die Originalausgabe AFTER: THE GRAPHIC NOVEL (VOLUME TWO)
erschien erstmals 2023 bei Frayed Pages x Wattpad Books.

MIX
Papier aus verantwortungsvollen Quellen
FSC® C021956

Penguin Random House Verlagsgruppe FSC® N001967

Deutsche Erstausgabe 11/2023

Redaktion: Catherine Beck
Umschlaggestaltung: Nele Schütz Design unter Verwendung einer Illustration von Javier Aranda
Illustrationen im Innenteil von Javier Aranda

Satz: Uhl + Massopust, Aalen
Druck und Bindung: Alcione Litotipografia
Printed in Italy
ISBN: 978-3-453-42685-6

www.heyne.de

Tessa, was zum Teufel ...
Du solltest jetzt gehen.
Gott sei Dank! Ich dachte schon, das hört *nie* auf.
Ich hab **dich** gemeint, Noah.
Wie bitte?

Noah tut mir leid, aber ich will Hardin. Mehr als alles, was ich je im Leben wollte.
Das ist nicht dein Ernst, **Tessa!** Der Typ **benutzt** dich bloß! Sobald er mit dir fertig ist, serviert er dich ab! **Und ich liebe dich!** Bitte …
Es tut mir **so** leid.
Fühlst du wirklich dasselbe wie ich?
Ja, Hardin, **das tue ich.**
Küss mich.
Und was jetzt?
Ich komme mir vor wie in einem Traum. Nach all dem Chaos beruhigt mich Hardins Kuss.
Ich weiß, es ist die Ruhe vor dem Sturm, aber im Augenblick ist Hardin mein Anker. Ich kann nur hoffen, dass er mich nicht in die Tiefe reißt.

Was hast du heute so vor?
Nichts. Ich muss lernen.
KNARZ
Hallo!
Ah, seid ihr jetzt **Fick-freunde?**
Nein!
Hast nicht allzu viel verpasst gestern, mal abgesehen von **Mollys Striptease** ...
Nichts, was ich nicht schon kenne.
Wir gehen bowlen, Tessa.
Kommst du mit?
Ich muss dringend lernen. Ich hab bisher kaum was geschafft dieses Wochenende.
Ach, komm. Wird sicher lustig.
Nein, ich bleibe hier.
Und es wäre schön, wenn ***du*** *auch bleiben würdest.*

PLING!
HARDIN: Du hättest mit uns mitkommen sollen. Mit mir.
TESSA: Du hättest hierbleiben sollen.
HARDIN: Ich komm dich holen. Halt dich bereit.
Inzwischen müsste Noah wieder zu Hause sein. Ich wette, er wird Mom **alles** brühwarm erzählen.

Na? Start-klar?
Ich steh eigentlich nicht so auf Bowling.
Dann machen wir eben was anderes. Wir können zu mir fahren, wenn du magst.
FORD
Als er mir die Hand auf den Oberschenkel legt, wird mir ganz warm.
Eine Viertelstunde später sind wir in der Studentenverbindung. Ich war nicht mehr hier, seit ich nach unserem schlimmen Streit damals zu Fuß nach Hause gegangen bin.
Da wären wir.

War Molly auch da? Beim Bowlen?
Ja, klar, wieso?
Ach, nur so.
Sie wird immer dabei sein. Sie gehört zu unserer Clique. Du hast jetzt aber keine **Angst,** dass ich sie ficke, oder?
*Ich mag schmutzige Ausdrücke aus seinem Mund, aber nicht, wenn es um **Molly** geht.*
Nein ... Okay, vielleicht. Ich weiß eben, dass du's schon getan hast, und ich will nicht, dass es wieder passiert.
Das würde ich nicht tun ... nicht jetzt. Mach dir wegen ihr keine Gedanken, okay?
Warum hast du den anderen nichts von uns gesagt?
Keine Ahnung ... Ich wusste nicht, ob du das **willst.** Außerdem geht es sie nichts an, was **wir** machen.

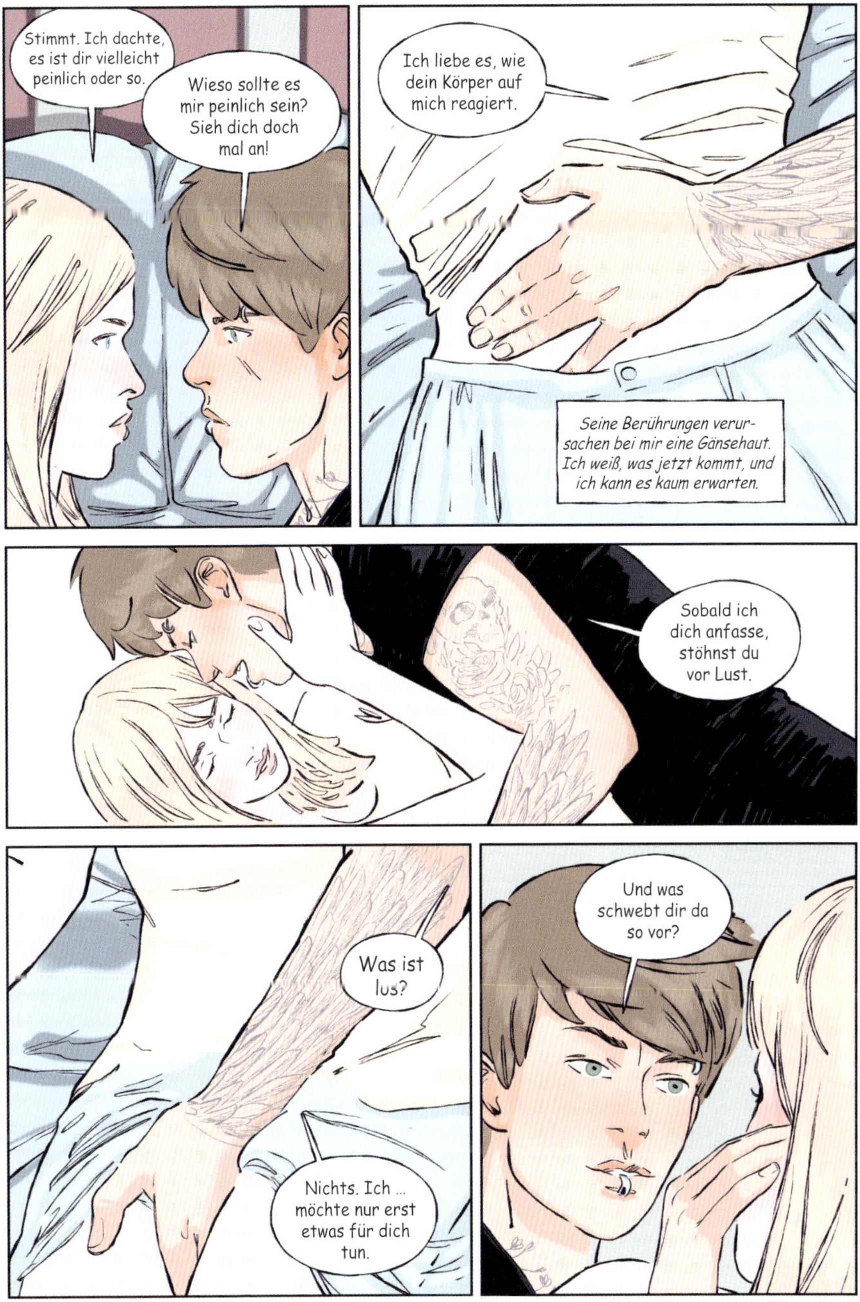
Stimmt. Ich dachte, es ist dir vielleicht peinlich oder so.
Wieso sollte es mir peinlich sein? Sieh dich doch mal an!
Ich liebe es, wie dein Körper auf mich reagiert.
Seine Berührungen verursachen bei mir eine Gänsehaut. Ich weiß, was jetzt kommt, und ich kann es kaum erwarten.
Sobald ich dich anfasse, stöhnst du vor Lust.
Was ist lus?
Nichts. Ich … möchte nur erst etwas für dich tun.
Und was schwebt dir da so vor?

Na ja, ich dachte, ich könnte … das tun, von dem du neulich geredet hast. Also, wenn du willst.
Na, und ob. Seit ich dich kenne, will ich deine Lippen um meinen Schwanz spüren.
Bist du auch ganz sicher?
So unschuldig und **so furchtlos.** Gefällt mir.
Was soll ich machen? Du musst es mir zeigen.
Komm her. Ich will dich erst küssen.

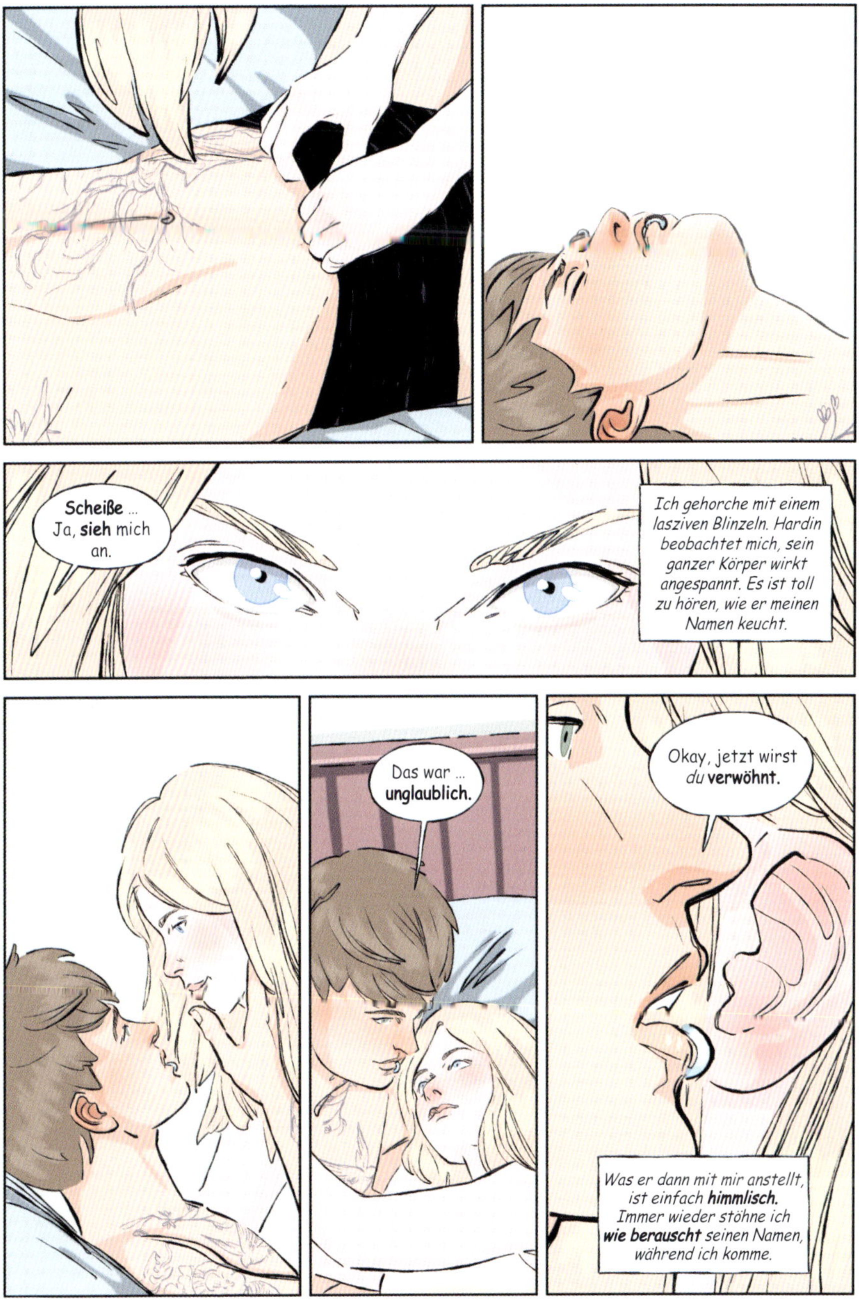
Scheiße … Ja, sieh mich an.
Ich gehorche mit einem lasziven Blinzeln. Hardin beobachtet mich, sein ganzer Körper wirkt angespannt. Es ist toll zu hören, wie er meinen Namen keucht.
Das war … unglaublich.
Okay, jetzt wirst du verwöhnt.
Was er dann mit mir anstellt, ist einfach himmlisch. Immer wieder stöhne ich wie berauscht seinen Namen, während ich komme.

Bleib heut Nacht hier.
Das geht nicht. Morgen ist Montag, ich hab Vorlesungen … und keine frischen Klamotten dabei.
Dann ziehst du eben noch mal die von heute an. **Bitte,** bleib. Ich fahre dich auch rechtzeitig zum Campus, **versprochen.** Mit einer Viertelstunde Puffer, für deinen Kaffee mit Landon.
Woher weißt du, dass ich …?
Ich beobachte dich … nicht andauernd, aber ich kriege mehr mit, als du denkst.
Bei seinen Worten wird mir warm ums Herz. Ich bin im Begriff, mich hoffnungslos in ihn zu verlieben, rasch und heftig.
Gut, ich bleibe. Unter **einer** Bedingung.
Nämlich?
Komm wieder in den Literaturkurs.
Also gut.

Ich würde gern duschen.
Okay. Ich komme mit.
Ähm, ich dusche lieber allein.
Schmollst du?
Nein.
Sag mir, was los ist, oder ich gehe auf der Stelle in dein Zimmer zurück, nur in dieses Tuch gewickelt.
Ich hör einfach nicht gern ein Nein, ok?
Wahrscheinlich bekommt er das von Mädchen auch nur selten zu hören. Wenn überhaupt.
Ich bin nicht wie andere Mädchen, Hardin.
Ich weiß, Tessa. Ich weiß.

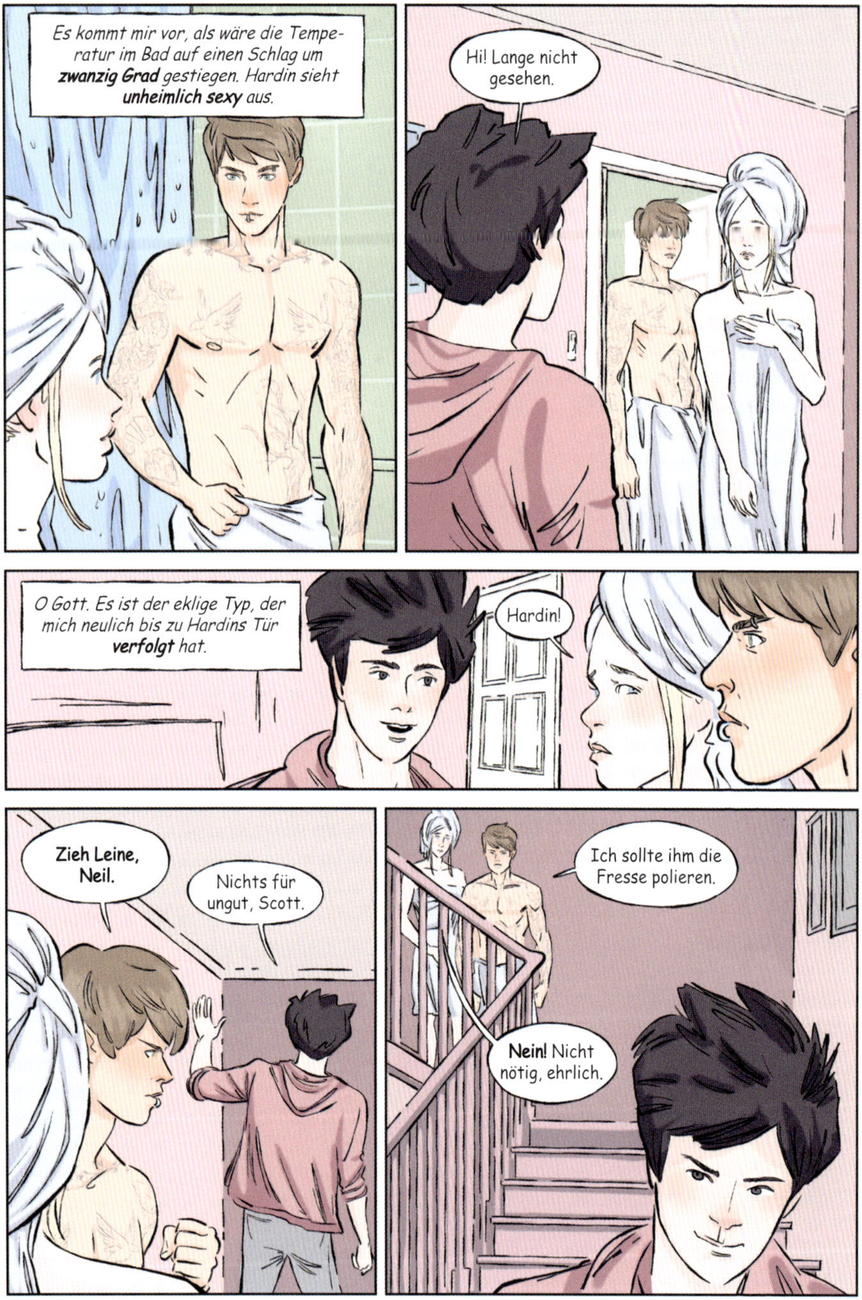

Es kommt mir vor, als wäre die Temperatur im Bad auf einen Schlag um **zwanzig Grad** gestiegen. Hardin sieht **unheimlich sexy** aus.
Hi! Lange nicht gesehen.
O Gott. Es ist der eklige Typ, der mich neulich bis zu Hardins Tür **verfolgt** hat.
Hardin!
Zieh Leine, Neil.
Nichts für ungut, Scott.
Ich sollte ihm die Fresse polieren.
Nein! Nicht nötig, ehrlich.

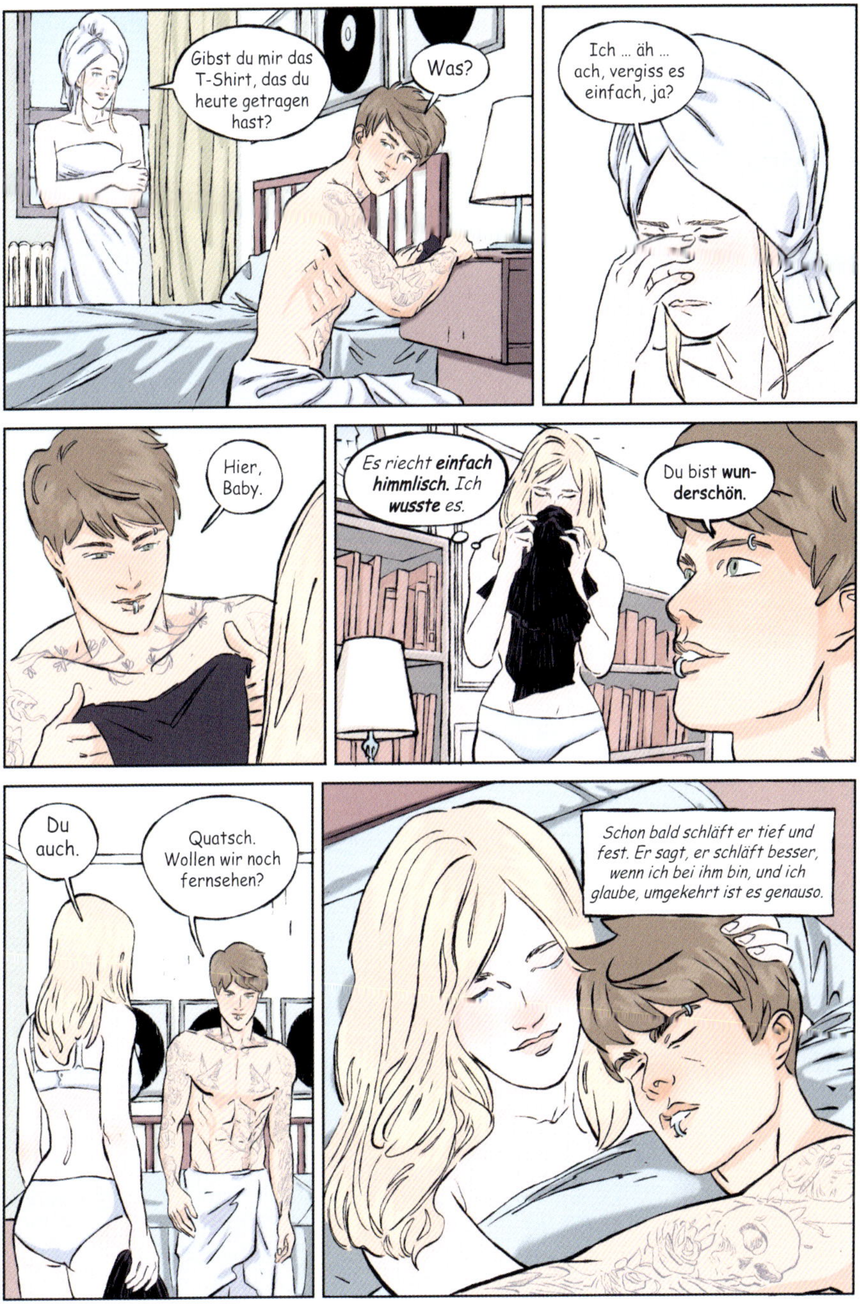
Gibst du mir das T-Shirt, das du heute getragen hast?
Was?
Ich ... äh ... ach, vergiss es einfach, ja?
Hier, Baby.
*Es riecht **einfach himmlisch.** Ich **wusste** es.*
Du bist **wunderschön.**
Du auch.
Quatsch. Wollen wir noch fernsehen?
Schon bald schläft er tief und fest. Er sagt, er schläft besser, wenn ich bei ihm bin, und ich glaube, umgekehrt ist es genauso.

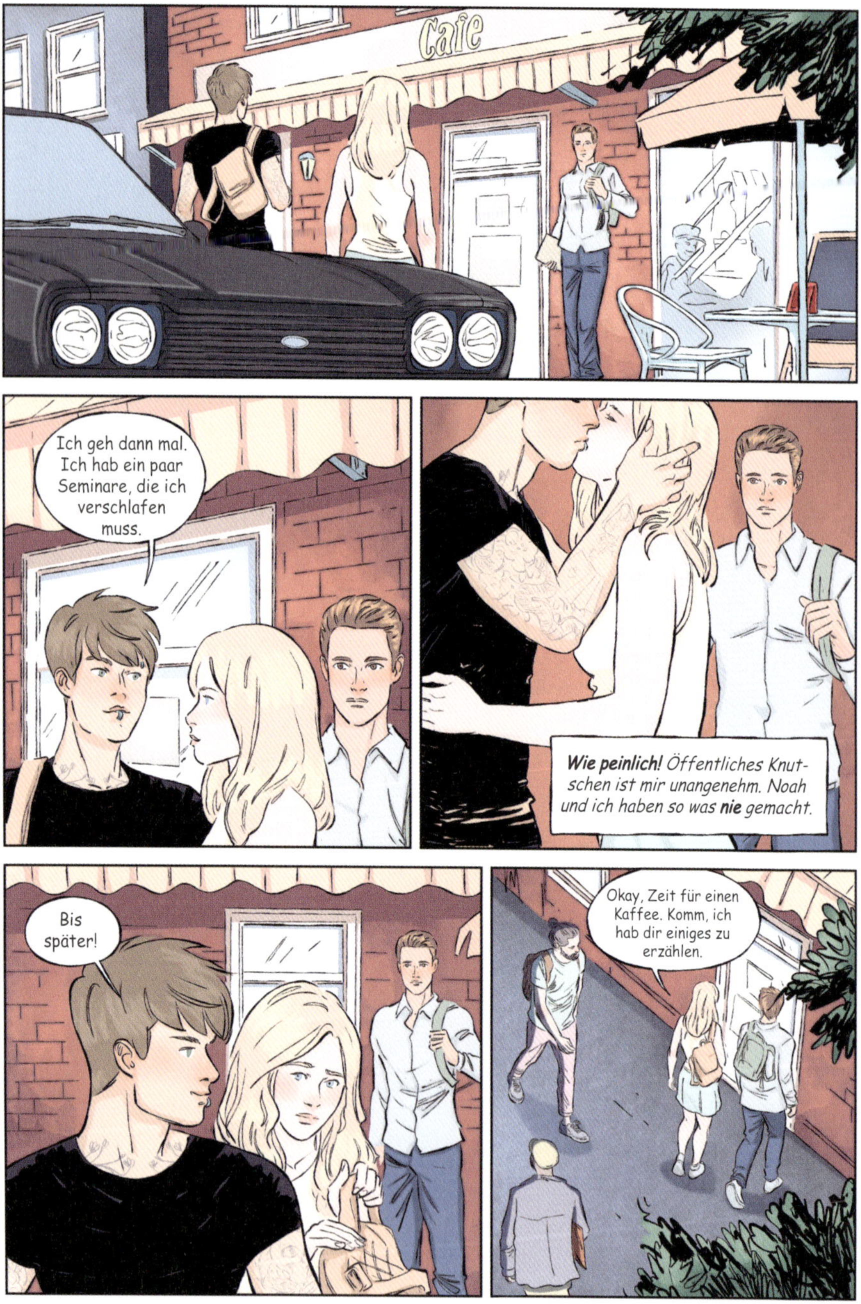
Cafe
Ich geh dann mal. Ich hab ein paar Seminare, die ich verschlafen muss.
Wie peinlich! *Öffentliches Knutschen ist mir unangenehm. Noah und ich haben so was* ***nie*** *gemacht.*
Bis später!
Okay, Zeit für einen Kaffee. Komm, ich hab dir einiges zu erzählen.

Tessa, ich weiß, ich wiederhole mich, aber **bitte nimm dich vor Hardin in Acht**, ja? Wobei ich zugeben muss, er wirkt ziemlich verknallt – so verknallt, wie jemand wie er eben sein kann.
OPEN
Es bedeutet mir viel, dass er versucht, mich zu verstehen und zu unterstützen, obwohl er Hardin nicht mag.
Ich habe gerade einen Anruf bekommen, Tessa. Sie sollen sich beim Rektor melden.
Ach ja?
*Hardins **Vater?** Was kann **der** von mir wollen?*
Reservier mir einen Platz im Literaturkurs, ja?
Okay!

Guten Tag!
Ah, hallo, Tessa.
Tut mir leid, dass du deinen Kurs verpasst. Ich wusste nicht, wie ich dich sonst erreichen kann, und Hardin … macht sich gern rar, wie du weißt.
Schon in Ordnung. Ist etwas passiert?
Nein, nein. Ich wollte nur einiges mit dir besprechen. Zum einen geht es um das Praktikum …
Ich habe mit meinem Freund bei Vance gesprochen, und er würde dich gern möglichst bald kennenlernen. Hast du morgen zufällig Zeit?
Wirklich? Toll, vielen Dank! Ja, morgen passt super.
Gut. Zum zweiten Punkt. Ich hätte da eine Bitte, aber fühl dich zu nichts verpflichtet, ja? Also, ich weiß nicht, ob Hardin erwähnt hat, dass Karen und ich nächstes Wochenende heiraten …
Na ja, ich wusste, dass Sie heiraten wollen. Herzlichen Glückwunsch!
Danke. Ich wollte dich fragen, ob du … meinst du, du kannst Hardin zum Kommen überreden? Du bist natürlich auch eingeladen. Ich weiß, das ist viel verlangt, aber ich hätte ihn wirklich gern dabei, und ehrlich gesagt glaube ich, du bist die Einzige, die ihn überzeugen kann.

Gut, ich rede mit ihm.
Das ist lieb von dir. Ich hoffe, du fühlst dich nicht unter Druck gesetzt, aber Karen und ich würden uns riesig freuen, wenn ihr dabei wärt.
Vielleicht komme ich demnächst auch auf Karens Angebot mit dem Backen zurück. Bye, und vielen Dank, dass Sie das mit dem Praktikum für mich in die Wege geleitet haben!
Warum kommst du erst jetzt?
Nicht so wichtig, erzähl ich dir **nachher.**
*Wenn ich es ihm **jetzt** erzähle, macht er garantiert gleich hier im Seminar eine Szene.*
Bleibt es dabei, dass du am Freitag mit Dakota und mir zum Bonfire gehst? Du könntest vorher zum Essen vorbeikommen. **Mom** würde sich sicher total freuen.
Na klar. Essen klingt gut. Gib einfach Bescheid, wann ich kommen soll.
Okay, ich schreib dir.
»Ich schreib dir …«
Hör auf, Hardin.

Ein Dinner mit Mami und ein Lagerfeuer! Wie aufregend!
Im Ernst, Hardin, lass ihn in Ruhe. Landon ist ein netter Junge.
Er wohnt bei meinem Dad. Schon das gibt mir das Recht, ihn zu verarschen.
Wo wir gerade von deinem Vater sprechen … Bei dem war ich heute. Also in seinem Büro. Er hat mir für morgen ein Vorstellungsgespräch bei Vance organisiert. Ist das nicht toll?
Er hat *was*?
Er hat mir ein Vorstellungsgespräch organisiert. Das ist *die* Chance für mich.
Und … äh … er hat mich zu seiner Hochzeit nächstes Wochenende eingeladen. Also uns.
Da geh ich nicht hin. Ende der Diskussion. Halt dich da raus, Tessa. Im Ernst, kümmere dich ausnahmsweise mal um deinen eigenen Kram, verdammt!
Ich wusste ja, dass er nicht will, aber ich hatte gehofft, wir könnten zumindest darüber reden. Wieso erwarte ich andauernd, dass jetzt alles anders ist? Wie so oft hat er total überreagiert, aber ich werde nicht mehr darauf einsteigen.

Wo warst du denn gestern Nacht? Sieht dir gar nicht ähnlich, **unter der Woche auszugehen, junges Fräulein.**
Ich war … unterwegs.
Mit Hardin. Weiß ich doch. Er hat mich beim Bowlen nach deiner Handynummer gefragt, dann ist er **verschwunden.**
Behalt das für dich, ja? Ich weiß selbst nicht genau, **was** da abgeht.
Steph verspricht, nichts zu erzählen, und den restlichen Nachmittag reden wir über sie und Tristan, bis er auftaucht, um sie zum Abendessen abzuholen.
Sobald sie die Tür aufmacht, küsst er sie. Die ganze Zeit hält er ihre Hand und lächelt sie an. Warum kann ***Hardin*** *nicht auch so sein?*
Hardin: Übernachtest du bei mir?
Tessa: Damit du wieder unmöglich zu mir sein kannst?
Halt dich bereit.
Ich verdrehe die Augen angesichts seines ***Befehlstons,*** *aber irgendwie* ***freue*** *ich mich trotzdem auf ihn.*

Da ist wohl wer ein bisschen launisch.
Wenn hier jemand launisch ist, dann **du.** Erst schnauzt du mich an, dann soll ich bei dir übernachten ... **Ich kapier's nicht.**
Ich war sauer, weil du von der Hochzeit angefangen hast, aber jetzt, wo geklärt ist, **dass wir nicht hingehen,** muss ich ja nicht mehr sauer sein.
Wie, geklärt? Wir haben gar nicht richtig darüber geredet.
Doch, und ich hab gesagt, ich geh nicht hin, also lass es gut sein, Theresa.
Mach, was du willst, aber ich gehe hin. Und ich werd Karen diese Woche besuchen und mir zeigen lassen, wie man bäckt.
Du gehst *nicht* zu dieser Hochzeit! Und was soll das mit dem Backen – **seid ihr jetzt Freundinnen,** du und Karen? Du kennst sie doch **kaum.**
Na und? Dich kenne ich doch **auch kaum.**

Warum bist du **so schwierig?**
Weil **du** kein Recht hast, mir zu sagen, was ich tun und lassen soll. Wenn ich zu dieser Hochzeit **will,** gehe ich hin, und zwar am liebsten mit dir.
Sag mal, wieso bist du in einer Verbindung?
Weil alle Wohnheime schon voll waren, als ich beschlossen habe, hierher zu ziehen.
Aber es gibt doch auch noch genügend **andere** Möglichkeiten.
Ich will **definitiv nicht** bei meinem Vater wohnen, und das hier ist die beste Alternative.
Morgen muss ich zu Vance Publishing. Ich muss also noch früher raus als sonst, um den Bus zu kriegen.
Ach, du gehst da **echt** hin? Mit dem Bus dauert das sicher eine Stunde oder so. Ich fahre dich.
Gern, danke. Aber ich kaufe mir bald ein Auto. Falls sie mich nehmen, muss ich zwei Mal die Woche hin.
Ich würde dich fahren.
Ein **eigenes** Auto ist besser. Ich kann darauf verzichten, ständig versetzt zu werden, weil du sauer auf mich bist.
Das würde ich **nie** tun.

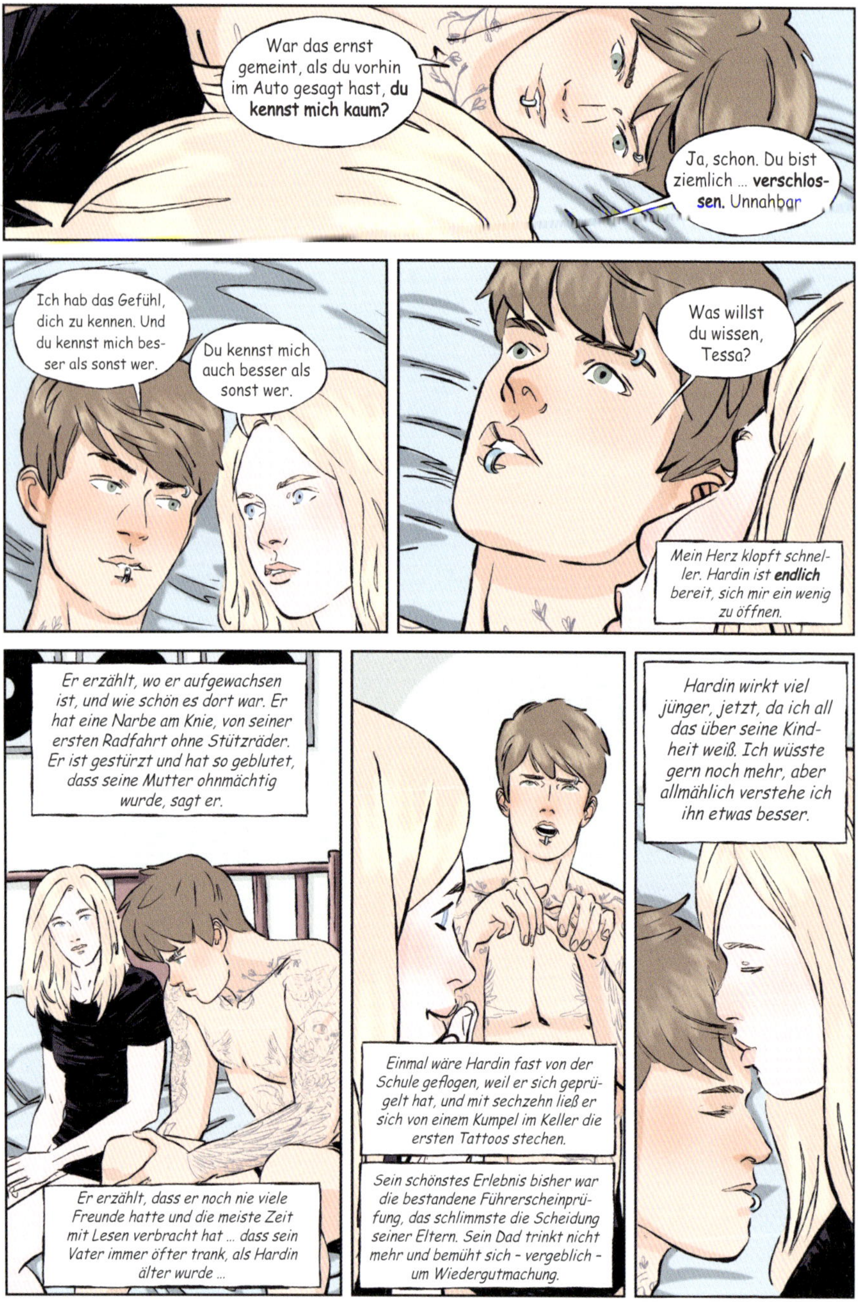
War das ernst gemeint, als du vorhin im Auto gesagt hast, **du kennst mich kaum?**
Ja, schon. Du bist ziemlich … **verschlossen.** Unnahbar
Ich hab das Gefühl, dich zu kennen. Und du kennst mich besser als sonst wer.
Du kennst mich auch besser als sonst wer.
Was willst du wissen, Tessa?
*Mein Herz klopft schneller. Hardin ist **endlich** bereit, sich mir ein wenig zu öffnen.*
Er erzählt, wo er aufgewachsen ist, und wie schön es dort war. Er hat eine Narbe am Knie, von seiner ersten Radfahrt ohne Stützräder. Er ist gestürzt und hat so geblutet, dass seine Mutter ohnmächtig wurde, sagt er.
Er erzählt, dass er noch nie viele Freunde hatte und die meiste Zeit mit Lesen verbracht hat … dass sein Vater immer öfter trank, als Hardin älter wurde …
Einmal wäre Hardin fast von der Schule geflogen, weil er sich geprügelt hat, und mit sechzehn ließ er sich von einem Kumpel im Keller die ersten Tattoos stechen.
Sein schönstes Erlebnis bisher war die bestandene Führerscheinprüfung, das schlimmste die Scheidung seiner Eltern. Sein Dad trinkt nicht mehr und bemüht sich - vergeblich - um Wiedergutmachung.
Hardin wirkt viel jünger, jetzt, da ich all das über seine Kindheit weiß. Ich wüsste gern noch mehr, aber allmählich verstehe ich ihn etwas besser.

Nicht!
Aufhören!
Nein!
NEIN!
Tess ...
Ich bin ja da.
Verlass mich **nie,** Tess.
*Mein Herz ist **kurz davor, zu bersten.** Ich weiß, solange er mich bei sich haben will, **werde ich da sein.***

Kennst du den Weg?
Ja, Ich war **ein paar Mal** dort. Christian Vance war an der Uni Dads bester Freund.
Ich bin **nervös.**
Das musst du nicht sein. Er wird dich mögen, schon, weil du **so klug** bist.
Ich warte hier auf dich.
Danke.
Mr. Vance, Theresa Young ist hier.
Schön, Sie kennenzulernen, Theresa. Danke, dass Sie gekommen sind.
Danke für die Einladung. Bitte nennen Sie mich **Tessa.**

Ken Scott hat Sie mir **wärmstens** empfohlen. Er meinte, es wäre ein **Fehler,** Sie nicht zu nehmen. Sie sind im ersten Jahr und studieren Englisch im Hauptfach?
Richtig. Ken ist sehr freundlich.
Mr. Vance fragt mich, was ich zuletzt so gelesen habe, wer meine Lieblingsautoren sind und wen ich weniger schätze und warum. Er nickt und brummt zustimmend, während ich rede, und am Ende lächelt er.
Okay, Tessa, Ken meinte, Sie könnten Ihre Seminare so legen, dass Sie zwei Tage die Woche hier sind und die übrigen drei am Campus. Wann können Sie anfangen?
Äh, nächste Woche? **Toll, vielen, vielen Dank!** das ist eine großartige Chance für mich!
Über den Lohn und alle anderen Details reden wir dann am Montag, wenn Sie anfangen.
Lohn? Ich hatte angenommen, das Praktikum sei unbezahlt!
Und?
Sie nehmen mich!

Wir schaffen es **gerade noch** zum Seminar. Ich erzähle Landon von dem Praktikum, und er gratuliert mir und umarmt mich, während Hardin hinter uns tut, als müsste er sich übergeben.
Also, Tessa, Freitag um fünf **bei mir,** und nach dem Essen gehen wir zum Bonfire, ja? Ich muss los.
Und ich weiß **noch immer** nicht, ob Hardin mitkommt.
Wir warten auf dich, **Scott!** Bist du bereit?
Ja, ich bin startklar.
Sieht ganz danach aus, als hätte sich Hardin mit den beiden verabredet. Toll. Ich hatte irgendwie angenommen, er würde den Nachmittag mit **mir** verbringen …
Wir sehen uns, Tessa.
Was zum Henker war das gerade?

Wie dumm von mir zu erwarten, dass sich Hardin ändert. Ich hätte wissen müssen, dass er, sobald seine Freunde aufkreuzen, wieder ganz der Alte ist - der Hardin, den ich bis vor zwei Wochen gehasst habe.
Hi! Kommst du auch auf die Party heute Abend?
Nein, ich werde lernen.
Wie schön zu erfahren, dass alle eingeladen sind. Hardin hat die Party mir gegenüber noch nicht einmal erwähnt. Er will wohl ungestört mit Molly abhängen.
Ach, komm! Hardin wird auch da sein.
Nein, heute nicht. Ich muss meine Mutter anrufen und mich auf die Seminare nächste Woche vorbereiten.
Okay, wie du willst. Bye!
Bye!

Ich rufe Mom an und berichte von meinem Praktikum. Natürlich freut sie sich riesig. Noah scheint ihm noch nichts erzählt zu haben. Seltsam. Kaum habe ich aufgelegt, fühle ich mich einsam.
Meine Gedanken wandern zu Hardin. Mein Leben war so viel einfacher, bevor ich ihn kennengelernt habe! Jetzt ich bin entweder überglücklich - oder eifersüchtig, wenn ich an ihn und Molly denke.
Ich halte das nicht mehr aus.
Hallo Landon! Stör ich?
Nein, ich seh mir ein Spiel an. Komm doch vorbei.
Oder soll ich dich abholen? Du könntest mit meiner Mutter Cupcakes backen.
Das wär **toll.** Ich warte dann unten auf dich.
Und **dich** lasse ich hier. Ich habe keine Lust mehr, vergeblich auf Nachrichten von Hardin zu hoffen.

Es wird ein sehr schöner Abend in **netter Gesellschaft.** Karen weiht mich begeistert in die Kunst des Backens ein. Am Ende gleicht die Küche einem Schlachtfeld - kein Wunder, wir haben Unmengen von Schoko-Cupcakes mit Buttercreme gebacken.
Du wirkst **bedrückt.** Liegt es an Hardin?
Äh, ja.
Wo ist er?
In der Verbindung. Da ist mal wieder eine Party, was er mir **verschwiegen** hat. Er hat sich vorhin mit **»Wir sehen uns, Tessa«** verabschiedet und ist mit seinen Freunden abgezogen.
Es gibt da jemanden - **Molly,** mit der hatte er mal was, und die ist auch dort. Und er hat keinem erzählt, was zwischen uns ist, was es auch sein mag. Tut mir leid, dass du dir das alles anhören musst, aber es **macht mich wahnsinnig.**
Du solltest versuchen, mit ihm zu **reden.** Ich fahre dich hin.
Ja? Steph meinte auch, ich soll hingehen.
Ich finde, du solltest es tun. Aber **ohne** mich. Ich bringe dich bloß bis zur Tür.
Also gut. **Danke** für das Angebot, Landon. Du bist ein wahrer Freund.

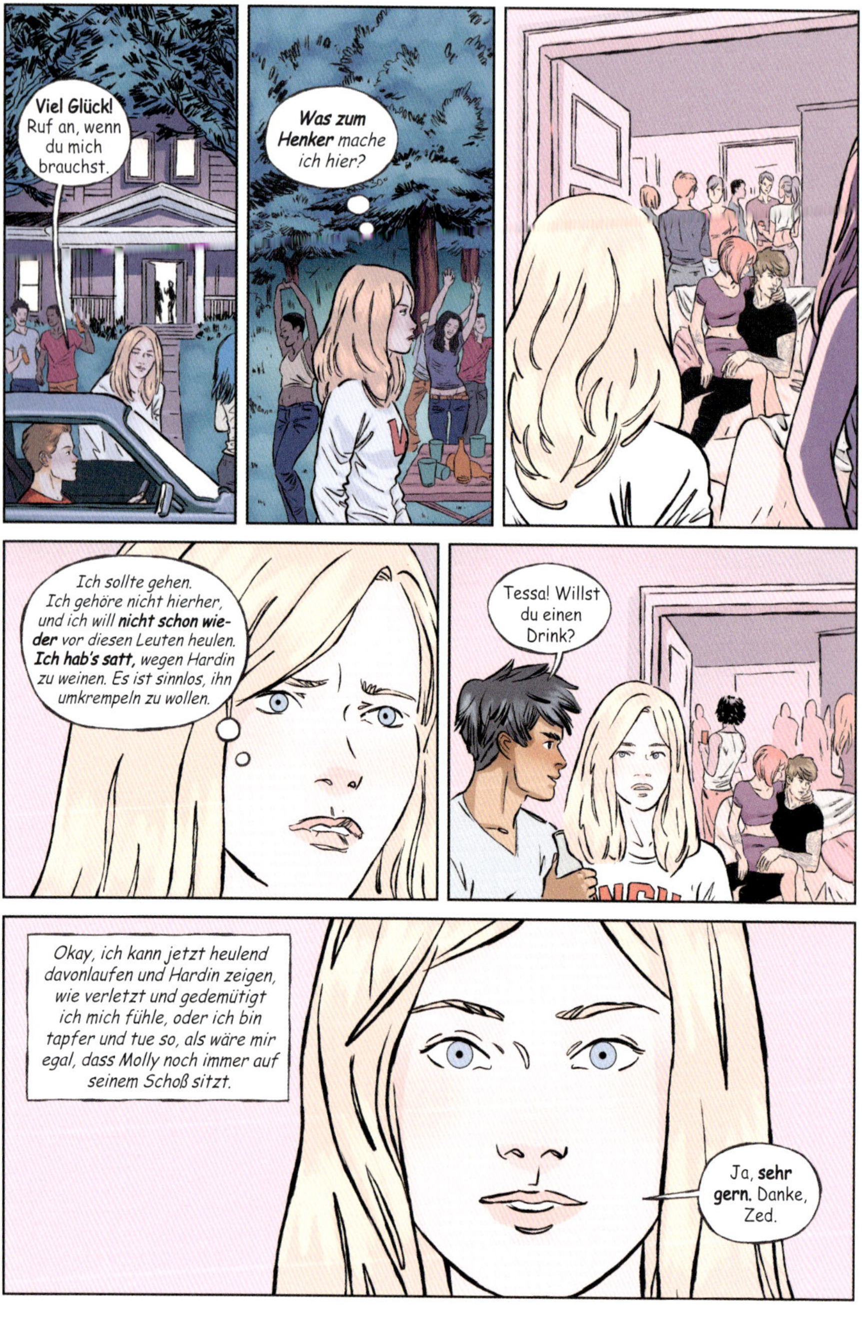
Viel Glück! Ruf an, wenn du mich brauchst.
Was zum Henker *mache ich hier?*
Ich sollte gehen. Ich gehöre nicht hierher, und ich will ***nicht schon wieder*** *vor diesen Leuten heulen.* ***Ich hab's satt,*** *wegen Hardin zu weinen. Es ist sinnlos, ihn umkrempeln zu wollen.*
Tessa! Willst du einen Drink?
Okay, ich kann jetzt heulend davonlaufen und Hardin zeigen, wie verletzt und gedemütigt ich mich fühle, oder ich bin tapfer und tue so, als wäre mir egal, dass Molly noch immer auf seinem Schoß sitzt.
Ja, **sehr gern.** Danke, Zed.

Ich hätte gute Lust, Molly die Haare auszureißen und Hardin zu **beschimpfen und zu verprügeln.** Ich möchte ihn **anschreien,** ihm sagen, dass er **nie mehr** mit mir reden soll, aber vermutlich würde er nur **blöd grinsen.**
Ich kippe zwei Shots hintereinander. Die brauche ich jetzt – wir spielen wieder Wahrheit oder Pflicht. Dabei dachte ich, nach der High School ist Schluss mit diesem **albernen Kinderkram.**
Nate, hast du neulich **echt** in Tristans Schrank gepisst?
Nein! Wie gesagt, **das war ich nicht!**
Tessa, spielst du mit?
Ja.

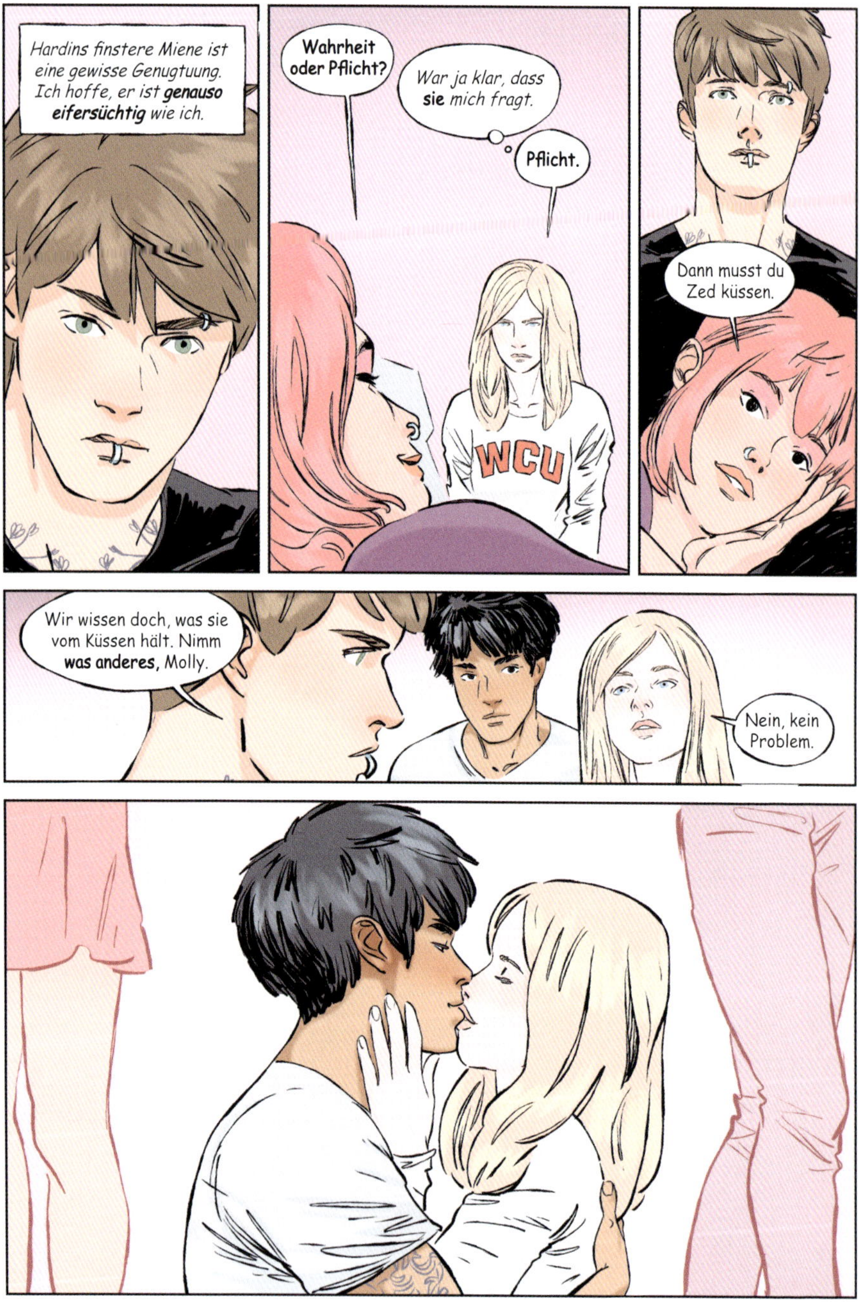
Hardins finstere Miene ist eine gewisse Genugtuung. Ich hoffe, er ist **genauso eifersüchtig** wie ich.
Wahrheit oder Pflicht?
War ja klar, dass **sie** mich fragt.
Pflicht.
Dann musst du Zed küssen.
Wir wissen doch, was sie vom Küssen hält. Nimm **was anderes,** Molly.
Nein, kein Problem.

Hey, sie sagte **küssen**, nicht vor allen ficken, verdammt.
Schnauze, Hardin!
Okay, Zed. **Wahrheit oder Pflicht?**
Pflicht.
Gut. Du musst **zehn Minuten** mit Tessa nach oben gehen.
Das ist **nicht mehr** Wahrheit oder Pflicht, das ist … einfach nur **dämlich.**
Kann dir doch **egal** sein, sie sind beide **Single.**
Ist es auch, ich find's bloß **bescheuert.**
Seine Worte versetzen mir einen Stich. Er hatte offenbar nie vor, seinen Freunden zu sagen, dass zwischen uns etwas ist. Ich bin für ihn nur eine von vielen und war so dumm, etwas anderes zu glauben.
Tja, nur gut, dass dich das nichts angeht, Hardin.

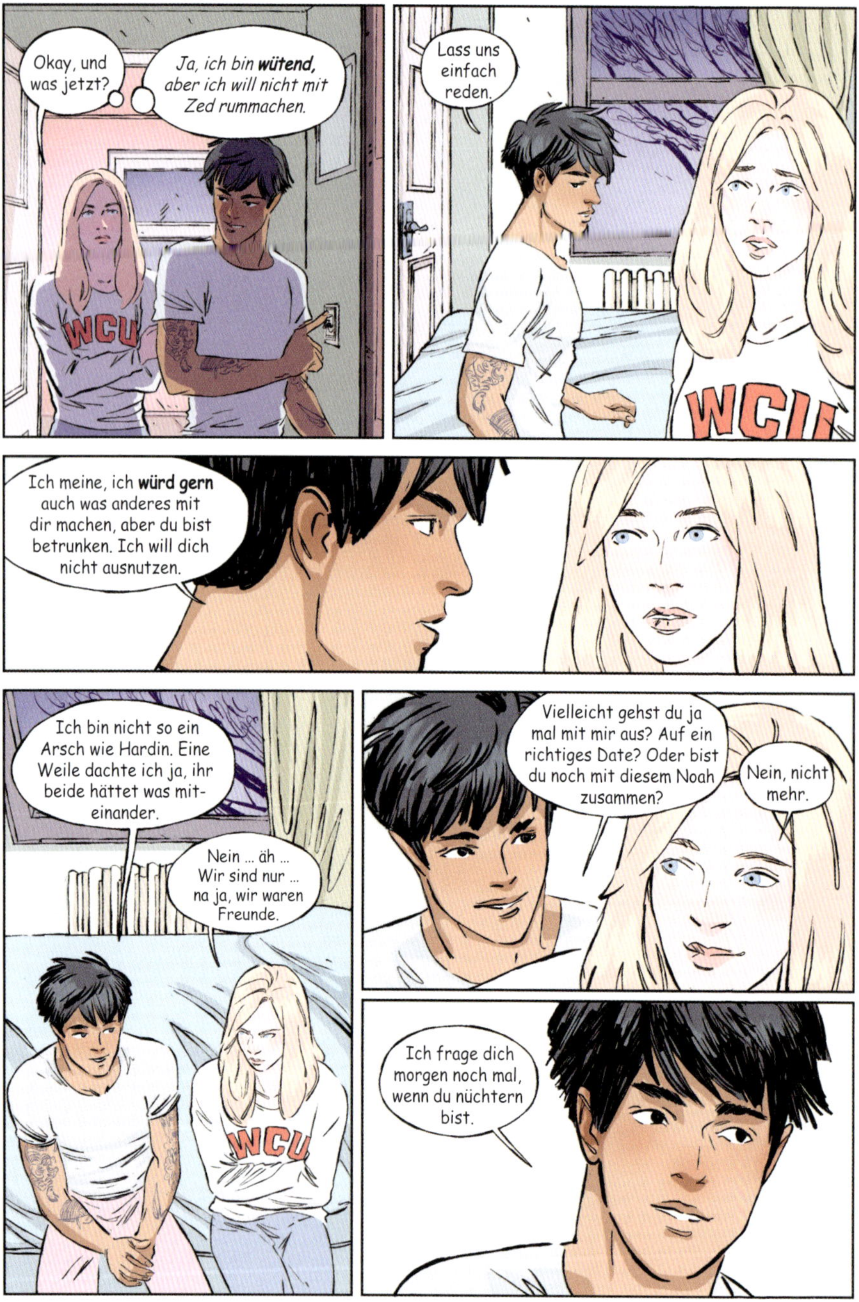
Okay, und was jetzt?
*Ja, ich bin **wütend,** aber ich will nicht mit Zed rummachen.*
WCU
Lass uns einfach reden.
WCU
Ich meine, ich **würd gern** auch was anderes mit dir machen, aber du bist betrunken. Ich will dich nicht ausnutzen.
Ich bin nicht so ein Arsch wie Hardin. Eine Weile dachte ich ja, ihr beide hättet was miteinander.
Nein ... äh ... Wir sind nur ... na ja, wir waren Freunde.
WCU
Vielleicht gehst du ja mal mit mir aus? Auf ein richtiges Date? Oder bist du noch mit diesem Noah zusammen?
Nein, nicht mehr.
Ich frage dich morgen noch mal, wenn du nüchtern bist.

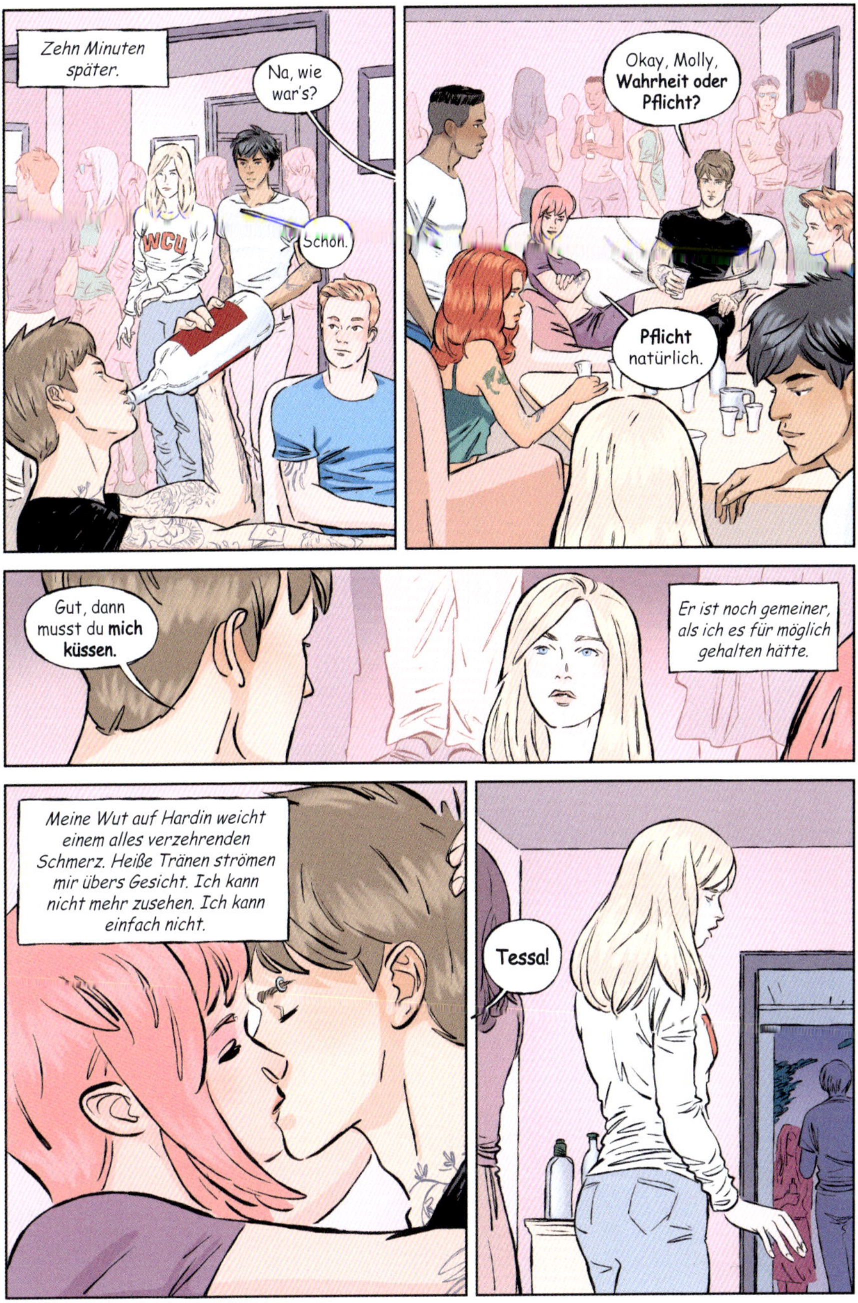
Zehn Minuten später.
Na, wie war's?
Schon.
Okay, Molly, **Wahrheit oder Pflicht?**
Pflicht natürlich.
Gut, dann musst du **mich küssen.**
Er ist noch gemeiner, als ich es für möglich gehalten hätte.
Meine Wut auf Hardin weicht einem alles verzehrenden Schmerz. Heiße Tränen strömen mir übers Gesicht. Ich kann nicht mehr zusehen. Ich kann einfach nicht.
Tessa!

Tessa,
warte!
Was ist, Hardin? Was willst du noch von mir?
Hat Zed was zu dir gesagt?
Es tut mir leid, okay?
Nein. Wieso sollte er?
Fahr zur Hölle, Hardin!

Hast du sie noch alle? Du warst doch diejenige, die Zed geküsst hat!
Das ist nicht dein Ernst, oder? Du hast mich angelogen! Was läufst du mir nach, wenn du mit Molly zusammen sein willst? Du wolltest doch nur, dass ich über Nacht bleibe, damit du mich ausnutzen kannst!
So denkst du von mir? Du glaubst, ich nutze dich aus?
Das glaube ich nicht, Hardin, das weiß ich. Du erzählst deinen Freunden nicht von uns, du erzählst mir nicht von dieser Party, du lässt mich einfach auf dem Parkplatz stehen, und dann komme ich her und sehe, wie du Molly küsst!
Aber weißt du was? Mir reicht's. Wenn's sein muss, ziehe ich in ein anderes Heim, nur um dir aus dem Weg zu gehen!
Du hast vor meinen Augen Zed geküsst! Und von der Party hab ich nichts erzählt, weil du ohnehin nicht gekommen wärst. Du musst ja immer lernen oder hockst lieber langweilig in deiner Bude rum!
Tja, warum vergeudest du dann deine Zeit mit mir? Wozu läufst du mir nach, Hardin? Du denkst wohl, wenn du sagst, es tut dir leid, dann verzeihe ich dir und bleibe dein schmutziges Geheimnis, deine langweilige kleine Freundin, wie? Du hältst mich für schwach, weil ich nett bin, aber du irrst dich!
Freundin? Du dachtest, du wärst meine Freundin?

Seine Worte sind wie ein schmerzhafter Schlag in die Brust, dessen Wucht mich beinahe umwirft.
Ja, das dachte ich. Du hast gesagt, du willst mehr, und ich habe es geglaubt, so wie alles andere, was du angeblich sonst nie sagst. Aber es war alles gelogen, oder? Ich könnte mich ohrfeigen, weil ich darauf reingefallen bin. Ich wusste, wie du bist, bevor ich mich in dich verliebt habe. Ich wusste, du wirst mir wehtun. Du hast damit gedroht, mich fertigzumachen. Gratuliere, Hardin, es ist dir gelungen.
Es tut weh, dass er mir sonst nichts zu sagen hat. Es beweist erneut, dass er kein Herz hat.
Wo willst du hin?
Leihst du mir dein Handy, Zed? Ich muss Landon anrufen. Er soll mich abholen.
Tessa? Alles okay?
Ja, aber ich gehe jetzt. Ich hätte nicht kommen sollen.
Wohl wahr.

Ja, du hast recht. Ich gehöre nicht hierher. Ich bin nicht so gut darin, mich zu betrinken und mich den Jungs an den Hals zu werfen.
Wie bitte?
Bist du sauer, weil ich mit Hardin geknutscht habe? Tja, weißt du was, Süße? Das mach ich andauernd.
Er hat also die ganze Zeit über mit Molly rumgemacht?
Kommt, wir gehen wieder rein.
Du auch, Hardin. Verschwinde.
Ich hab in letzter Zeit nicht mit ihr geknutscht, außer vorhin. Ehrlich.
Mir doch scheißegal, mit wem du knutschst.

Tessa …
Tessa!
Zwischen uns ist **alles** gesagt, Hardin. Ich hab **genug** von dir und deinen Lügen. **Lass mich endlich in Ruhe, verdammt!**
Tessa … Ich …
Was, Hardin? Was ist noch?
Ich … ich liebe dich!

Du bist echt krank, Hardin. **Total krank.**
Ehrlich, ich liebe dich. Ich weiß, du glaubst mir nicht, aber **es stimmt. Ich liebe dich.**
Unglaublich, dass er das vor versammelter Mannschaft abzieht. Er ist echt ein verdammt guter Schauspieler.
WCU

Hat er gerade gesagt, er liebt dich?
Ja … ich weiß auch nicht … Er wollte mich damit nur verarschen.
Also, sei mir nicht böse, aber … könnte es nicht sein, dass es stimmt? Dass er dich wirklich liebt, meine ich.
Was? **Unsinn.** Hardin Scott liebt nur **sich selbst.**
Aber als wir losgefahren sind, sah es echt aus, als würde es ihm das Herz brechen. So reagiert nur jemand, der **verliebt** ist.
Liebst du ihn?
Nein,
…tu ich nicht. Er ist gemein.

Landon nimmt mich mit zu sich. Unterwegs legen wir einen Zwischenstopp bei mir ein, damit ich ein paar Sachen holen kann.
Bis wir bei ihm sind, ist es nach elf. Ich bin erschöpft und froh, dass Ken und Karen schon schlafen. Landon bringt meine Tasche in das Gästezimmer, in dem ich schon mal übernachtet habe.
WCU
Jede Menge Nachrichten ... von Hardin, von Steph, eine von Mom. Bis auf die letzte lösche ich alle, ohne sie zu lesen. Ich weiß, was drinsteht, und für heute reicht es mir.
Es ist drei Uhr morgens, aber ich kann vor Erschöpfung nicht einschlafen. Ehe ich mich versehe, stehe ich vor Hardins Zimmer.
Ich gehe rein, und da ich unbeobachtet bin, nehme ich eines der frisch gewaschenen schwarzen T-Shirts aus Hardins Kommode.
Und so, mit Hardins Minzduft in der Nase, schlafe ich endlich ein.

Hardin?
Hey.
Was zum Teufel machst du hier?
Wir müssen reden, Tessa.
Hast du mir beim Schlafen zugesehen?
Nein, natürlich nicht. Also, hör zu …
Ich muss zu meinem Kurs.
Es ist elf, Landon ist schon weg. Ich hab deinen Wecker abgestellt. Du warst gestern lange auf und …
Was? **Wie konntest du …?**
Geh einfach.

Warum bist du in meinem Zimmer?
Keine Ahnung ... Ich konnte nicht schlafen.
Und dein T-Shirt war zu eng, ja?
Er macht sich über mich lustig. Selbst jetzt kann er nicht anders.
Hör mir einfach zu, okay?
Was willst du mir denn noch sagen, Hardin? Wir drehen uns doch nur im Kreis. **Ich kann nicht mehr.** Es reicht.
Du tust mir nur weh. Ich brauche mehr, als du zu geben hast, und du willst eine, die ganz anders ist als ich.
Du bist genau so, wie ich dich will.
Hast du mir nicht zugehört gestern Abend? Ich hab mich entschuldigt und ...
Doch, das habe ich gehört.
Und, hast du mir nichts zu sagen? Sag, dass du mich nicht liebst, und ich gehe.
Glaubst du mir nicht, dass ich dich liebe?

Natürlich nicht, für wie blöd hältst du mich?
Du hast recht.
Es stimmt, ich liebe dich nicht. Das hab ich nur gesagt, weil es so schön dramatisch wirkt.
Du bist echt geistesgestört, Hardin.
Was hab ich dir getan? Du kannst doch praktisch jede haben. Was soll das alles? Hasst du mich denn so sehr?
Nein, das ist es nicht. Ich hasse dich nicht, Tessa. Du bist einfach leichte Beute. Der Jagdinstinkt, darum geht es, verstehst du?

Ich kann keine Sekunde länger hierbleiben. Hardin findet ständig neue Möglichkeiten, mich zu verletzen. Ich halte das nicht mehr aus.
Ich muss hier weg, bevor noch jemand auftaucht.
Ich denke an das, was Landon gestern gesagt hat. Man kann einem Menschen nur das Herz brechen, wenn er verliebt ist.
Hardin bricht mir ständig das Herz, selbst wenn ich das Gefühl habe, dass da nichts mehr ist, was er noch brechen kann.
Und ich liebe ihn. **Ich liebe Hardin.**

Einige Stunden später ...
Endlich habe ich mein eigenes Auto und bin nicht mehr auf öffentliche Verkehrsmittel – oder Hardin – angewiesen.
Hoffentlich hat die Trennung von Hardin keine Folgen für mein Praktikum ... Was soll ich bloß Ken sagen? »Ihr Sohn ist der grausamste Mensch der Welt, ich muss mich von ihm fernhalten?«
Neues Auto, neue Kleider, neue Kurse. Es war echt höchste Zeit für einen Neuanfang!
PARKING BY PERMIT ONLY
Hi! Hat Hardin dich gestern Nacht noch gefunden?
Ja.
Und, ist alles geklärt?
Nein. Wobei ... doch, ja. Ich bin fertig mit ihm.
Das hör ich gern.

Wir müssen los, Tristan ist da. Kommst du mit, Tessa?
Nein, danke. Ich bleibe hier.
Und, gehst du mit mir aus, Tessa?
Warum eigentlich nicht? Er ist attraktiv und sympathisch. Er hätte die Situation neulich ausnutzen können, aber er hat es nicht getan. Zweifellos ist er eine nettere Gesellschaft als Hardin. Na ja, wer nicht?
Okay.
Cool. Gleich heute Abend, so gegen sieben?
Bis nachher, schöne Frau.
Ich hatte bisher erst einen Freund, und jetzt gehe ich mit Zed aus, nach all dem Ärger mit Hardin. Steh ich plötzlich auf Bad Boys mit Tätowierungen und Piercings?

Hm. Soll ich mich umziehen?
KLOPF, KLOPF!
Du siehst **toll** aus, Tessa.
Danke.
Und, was machen wir?
Na ja, ich dachte da an Essen und Kino. Ganz zwanglos …

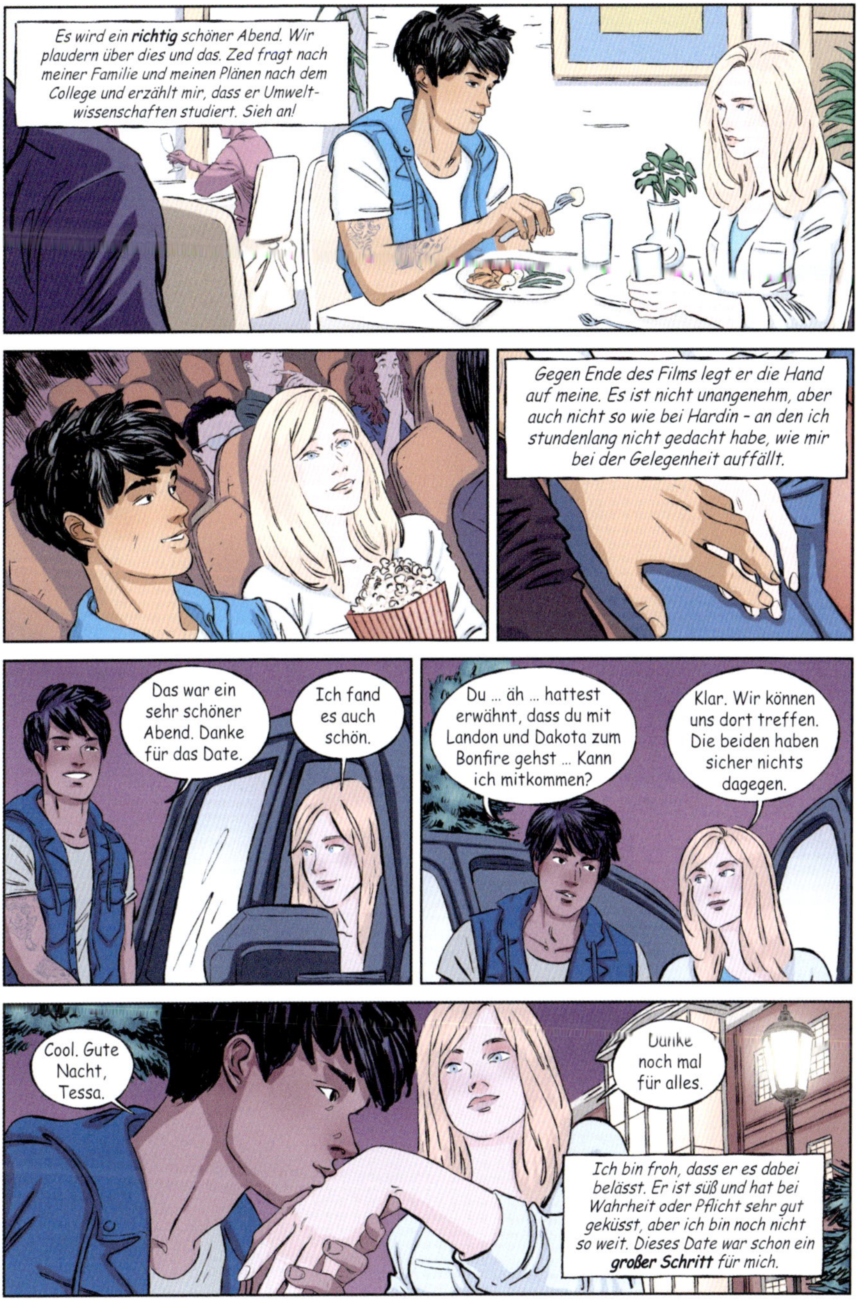
Es wird ein **richtig** schöner Abend. Wir plaudern über dies und das. Zed fragt nach meiner Familie und meinen Plänen nach dem College und erzählt mir, dass er Umweltwissenschaften studiert. Sieh an!
Gegen Ende des Films legt er die Hand auf meine. Es ist nicht unangenehm, aber auch nicht so wie bei Hardin – an den ich stundenlang nicht gedacht habe, wie mir bei der Gelegenheit auffällt.
Das war ein sehr schöner Abend. Danke für das Date.
Ich fand es auch schön.
Du … äh … hattest erwähnt, dass du mit Landon und Dakota zum Bonfire gehst … Kann ich mitkommen?
Klar. Wir können uns dort treffen. Die beiden haben sicher nichts dagegen.
Cool. Gute Nacht, Tessa.
Danke noch mal für alles.
Ich bin froh, dass er es dabei belässt. Er ist süß und hat bei Wahrheit oder Pflicht sehr gut geküsst, aber ich bin noch nicht so weit. Dieses Date war schon ein **großer Schritt** für mich.

Als ich tags darauf den Hörsaal betrete, sitzt Hardin schon an seinem Platz. Sein Anblick versetzt mir einen ***Stich.***
Du hattest gestern ein Date mit Zed?
Das geht dich gar nichts an.
Denk daran, Tessa, Neuigkeiten machen bei uns rasch die Runde.
Will er mir damit ***drohen,*** *seinen Freunden zu erzählen, was er alles mit mir angestellt hat?*
Okay, machen wir weiter, wo wir gestern mit unserer Diskussion über *Sturmhöhe* aufgehört haben.

Also, wie wir wissen, haben Catherine und Heathcliff eine äußerst leidenschaftliche Beziehung. Ihre Gefühle sind eine Urgewalt, die das Leben aller anderen Protagonisten zerstört. Manche sagen, die beiden schaden einander nur, andere meinen, sie hätten heiraten sollen, statt gegen ihre Liebe anzukämpfen …
Sie tun einander ganz eindeutig nicht gut. Sie streiten sich andauernd. Catherine weigert sich, Heathcliff ihre Liebe zu gestehen, und …
Catherine ist eine egoistische, eingebildete Schlampe, die glaubt, sie ist zu gut für Heathcliff. Vielleicht zu Recht, aber dass sie Edgar heiratet, der Heathcliff nicht das Wasser reichen kann … Sie ist Heathcliff so ähnlich, kein Wunder, dass sie sich nicht vertragen.
Wäre Catherine nicht so stur gewesen, hätten sie ein langes, glückliches Leben miteinander gehabt.
Ich komme mir dumm vor, als auch ich beginne, Hardin und mich mit den Romanfiguren zu vergleichen. Der Unterschied besteht darin, dass mich Hardin nicht ausstehen kann.
Ich schweige, obwohl mich alle erwartungsvoll anstarren. Hardin versucht, mich aus der Reserve zu locken, aber darauf falle ich nicht herein.

Am Freitagnachmittag fahre ich schon viel früher als vereinbart zu Landon, weil ich nicht allein in meinem Zimmer hocken will. Was ist nur mit mir los, seit Hardin in mein Leben getreten ist?
Tessa! Komm rein. Dakota und Landon machen noch ein paar Besorgungen für mich.
Ich bin viel zu früh dran …
Gar kein Problem, du kannst mir beim Kochen helfen. Und morgen könnten wir ein bisschen im Gewächshaus werkeln, wenn du magst.
Kommt Hardin auch zum Essen?
Äh, nein, wohl kaum.
Oh. Alles okay?
Nein, ich glaube nicht.
Oje, tut mir leid, das zu hören. Es ist schwer, mit jemandem zusammen zu sein, der Angst hat, seine Gefühle zu zeigen.
Wie meinen Sie das?

Hardin ist sehr verschlossen, was seine Gefühle angeht. Ken konnte aus Sorge um ihn oft nicht schlafen. Hardin war ein unglückliches Kind. Er hat weder Ken noch seiner Mom je gesagt, dass er sie liebt. Es kommt ihm einfach nicht über die Lippen.
Ach ja? Seltsam, dafür hat er mir diese Worte aber schon ***ziemlich bald und ziemlich hasserfüllt*** *an den Kopf geworfen.*
Er ist ... **sehr** schwer zu verstehen.
Allerdings. Ich hoffe, du besuchst uns trotzdem noch, falls ihr euch nicht versöhnt.
Hallo!
Schön, dich kennenzulernen, Dakota. Ich hab schon viel von dir gehört!
Hi! Du musst Tessa sein.
Auch Ken gesellt sich zu uns, und ich komme mir reichlich seltsam vor, allein mit zwei verliebten Pärchen ...
... bis zu meiner Verblüffung Hardin hereinkommt, als wäre alles bestens.
Entschuldigt die Verspätung.
Ich dachte, du kommst nicht.

Das Dinner war die reinste Qual für alle. Ich kann es kaum erwarten, von hier wegzukommen. Und von Hardin.
Wir sollten bald aufbrechen, sonst verpassen wir das Feuer.
Na gut, viel Spaß!
Was zum Teufel willst du hier?
Begleitest du mich zum Bonfire, Tessa?
Du wollest da doch nicht hin.
Können wir das draußen besprechen?
Was sollte das?
Du musstest ja unbedingt bockig sein.
Ich wollte eben nicht mitkommen.
Es tut mir leid, okay? Alles.
Es tut dir *leid*? Von wegen, Hardin. Du spielst doch bloß mit mir. Hör endlich auf!
Ich habe keine Energie mehr für die ständigen Streitereien mit dir!

Ich spiele nicht mit dir. Ich weiß, es ist ein Hin und Her mit mir. Keine Ahnung, **warum** ich so bin.
Aber du musst mir noch **eine letzte** Chance geben. Ich hab versucht, mich von dir fernzuhalten, aber ich kann nicht. Ich **brauche** dich, Tessa.
Hör auf, sofort! Wenn du mich wirklich brauchen würdest, wärst du nicht so fies zu mir. Du hast selbst gesagt, es ging nur um den Jagdinstinkt, **schon vergessen?** Du kannst jetzt nicht einfach so tun, als wäre nichts gewesen!
Das war nicht so gemeint, das weißt du.
Nur noch eine Chance. **Bitte,** Tess. Ich erkläre dir alles.
Ich kann nicht. Ich muss los. Zed wartet schon auf mich.
Zed? Bist du jetzt etwa mit ihm zusammen?
Du kennst Zed nicht! Du weißt nicht, was er …
Bereit?
Es kostet mich alle Mühe, ihn nicht zu trösten, aber das hat sich Hardin alles selbst eingebrockt. Es ist zu spät, ob er nun etwas für mich empfindet oder nicht.

Wie lange bleibst du?
Bis Sonntag. Aber ich komm nächstes Wochenende wieder, zur Hochzeit von Karen und Ken.
Ha, Hardin hat erst neulich gefragt, was man zu einer Hochzeit anzieht. **Seltsamer Zufall,** oder?
Mir bleibt fast das Herz stehen. Hoffentlich merkt es niemand. Hardin hat also noch immer niemandem erzählt, dass sein Vater Landons Mutter heiratet.
Hardin als Hochzeitsgast ... witzige Vorstellung.
Wieso?
Ich weiß auch nicht. Er ist einfach nicht der Typ dafür. Er würde sicher nur hingehen, um **Sex mit den Brautjungfern** zu haben.
*Mir wird **heiß,** und in meinen Ohren rauscht das Blut.*

Nachdem ich kurz spazieren war, um mich wieder zu beruhigen und die Gedanken an Hardin zu verdrängen, wird es richtig nett.
Nach etwa zwei Stunden fährt Landon dann mit Dakota nach Hause, weil sie erschöpft ist von der Reise.
Möchtest du auch gehen?
Nein, ich will noch bleiben.
Ist das etwa **Hardin?**
Und um mich zu ärgern, *hat er sich gleich eine Neue gesucht.*
Hi Zed!
Hi Emma.
Ich weiß, es ist unhöflich, mich nicht vorzustellen, aber diese Emma ist mir auf Anhieb unsympathisch.
Komm, Hardin, wir holen uns ein Bier.
Lass uns gehen, ja? Ich habe keine Lust auf Hardin. Wir können uns **auf den Tod** nicht ausstehen, wie du weißt.
Okay, kein Problem. Willst du dann auf die Party?
Nein, da will ich auch nicht hin.
Wir können auch **zu mir** gehen, wenn du magst.

Zed wohnt ganz in der Nähe. Er gibt sich ungezwungen, und ich überspiele meine Nervosität mit einem Lächeln.
Kennst du Emma?
Ja, sie ist schon eine Weile mit Nates Cousine zusammen. Sie ist echt nett.
Dann hat Hardin also gar nichts mit ihr? War er etwa **wirklich** meinetwegen da?
Seine Lippen sind kühl, seine Berührungen sanft und behutsam. Doch ich denke nur an Hardin. An seine verzweifelte Miene …
… als er mich vorhin um **eine weitere Chance** angefleht hat. Hardin, der nie **„Ich liebe dich"** zu seiner Mom sagt, der in seiner Wut **Sachen demoliert,** der wissen wollte, was man auf einer Hochzeit trägt …
Plötzlich ergibt alles Sinn und irgendwie auch wieder nicht.
Hardin …
Hardin **liebt** mich, auf seine ganz eigene, kranke Art.
Was?
Entschuldige, ich … muss los.

Wenn wir uns unsere Gefühle gestehen, wird sich dann alles ändern? Wird sich Hardin ändern? Kann er für mich da sein, wie ich es **brauche?** Kann ich seine Launenhaftigkeit ertragen?
Ich kann keine dieser Fragen beantworten. **Keine einzige.** Ich hasse es, dass er mich so verwirrt und meine Selbstzweifel schürt.
Im Moment **hasse** ich so vieles. Ich muss wütend bleiben, damit ich ihm ohne schlechtes Gewissen sagen kann, was ich ihm sagen muss.
Hardin! Was ist denn passiert?
Kann **dir** doch egal sein.

Wo ist dein Date?
Hast du dich etwa geprügelt? **Geht's dir gut?**
Ja, alles bestens. Lass mich in Ruhe.
Ich bin hier, um dich nach Hause zu fahren, also sei gefälligst nicht so abweisend!
Lauf nicht dauernd weg! Ich sagte, ich fahre dich nach Hause!
Okay. Wo ist dein Auto?
*Im Nu ist der Wagen erfüllt von **Hardins Geruch,** der nun eine metallische Note hat. Trotzdem gibt es für mich keinen besseren.*
*Seine Coolness **nervt** mich. Ich habe alles vergessen, was ich mir zurechtgelegt hatte.*
Warum bist du gekommen?
Um mit dir zu reden. Es gibt so vieles zu bereden.
Ach ja? Ich dachte, zwischen uns ist alles gesagt?
Liebst du mich?
Das fragst du mich **jetzt,** im Auto, wo ich nicht wegkann?
Ich ... ich weiß nicht ...
Nein, tu ich nicht.
Autsch.

Du bist vorhin einfach verschwunden, mit Zed! Wo wart ihr?
Bei ihm.
Hast du mit ihm **geschlafen?**
Was? Wie kommst du denn darauf? **Inzwischen müsstest du mich echt besser kennen!** Und selbst wenn ich es getan hätte: Was kümmert es dich, **wo ich dir doch angeblich egal bin?**
Er hat mich bloß geküsst.
Hast du den Kuss erwidert?
Ja, schon. Ich ... Ach, ich weiß auch nicht.
Wie, du weißt es nicht?
Na ja, ich ...
Was? Sag schon!
Ich musste dauernd an **dich** denken.
Los, komm.

Hardin! Was ist mit dir?
Alles gut.
Was ist denn pas-siert?
Er hat sich geprügelt, aber ich weiß nicht, mit wem oder warum.
Alles gut, hab ich gesagt, **verdammt!**
Rede gefälligst nicht so mit deinem **Vater!**
Warum kommt er überhaupt her, wenn er sich dann so aufführt?
Mach das **nie** wieder, okay?
Sag mir nicht, wie ich mit meinem Vater zu reden habe. Kümmere dich um die Beziehung zu deinem Vater, statt dich in meine einzu-mischen!

Entschuldige, ist mir so rausgerutscht. War nicht so gemeint.
Schon okay, so bist du eben. Du suchst die Schwachstellen anderer Leute und nutzt sie aus, indem du den Finger in die Wunde legst.
Gar nicht wahr, verdammt noch mal! Es war gedankenlos dahingesagt! Außerdem hast du mich provoziert!
Du weißt nämlich haargenau, wie du das schaffst! Du triffst dich mit Zed - ich meine, Scheiße! Glaubst du, ich bin gern so? Es kotzt mich an, dass ich ständig an dich denken muss! Ich hasse dich! Du bist so eine eingebildete kleine ...
Du ... Du machst mich wahnsinnig! Ja, ich hab gesagt, ich liebe dich, aber das war nicht ernst gemeint! Also, was soll die Frage? Stehst du auf Zurückweisungen? Kommst du deswegen immer wieder angekrochen?
Nein, es liegt daran, dass ich dich liebe!

Was?
Du liebst mich? Wie kann das sein?
Wie kann es sein, dass du das nicht weißt?
Du hast gesagt, du liebst mich nicht. Ich gestehe dir meine Liebe, und du lässt mich abblitzen und gehst mit Zed aus!
Und? Du hast mir schon so oft wehgetan, Hardin.
Ich weiß ... Ich verdiene dich nicht, und ich habe kein Recht, dich darum zu bitten, aber ... nur noch eine Chance! Bitte! Ich werde trotzdem mal ausflippen oder mit dir streiten, aber ich verspreche, ich werde mich ganz auf dich einlassen ...
... und versuchen, dir zu geben, was du brauchst.
Du hast mich mal gefragt, wen ich auf der ganzen Welt am meisten liebe ... Tja, dich. Dich liebe ich am allermeisten.
Ich will nur dich. Ich will mit dir zusammen sein, in einer richtigen Beziehung. Aber du wirst mir beibringen müssen, was das bedeutet.
Seine Lippen schmecken nach Blut. Meine Liebe zu diesem kaputten Typen mit seinem Selbsthass ist so stark, dass sie mich zerstören könnte.

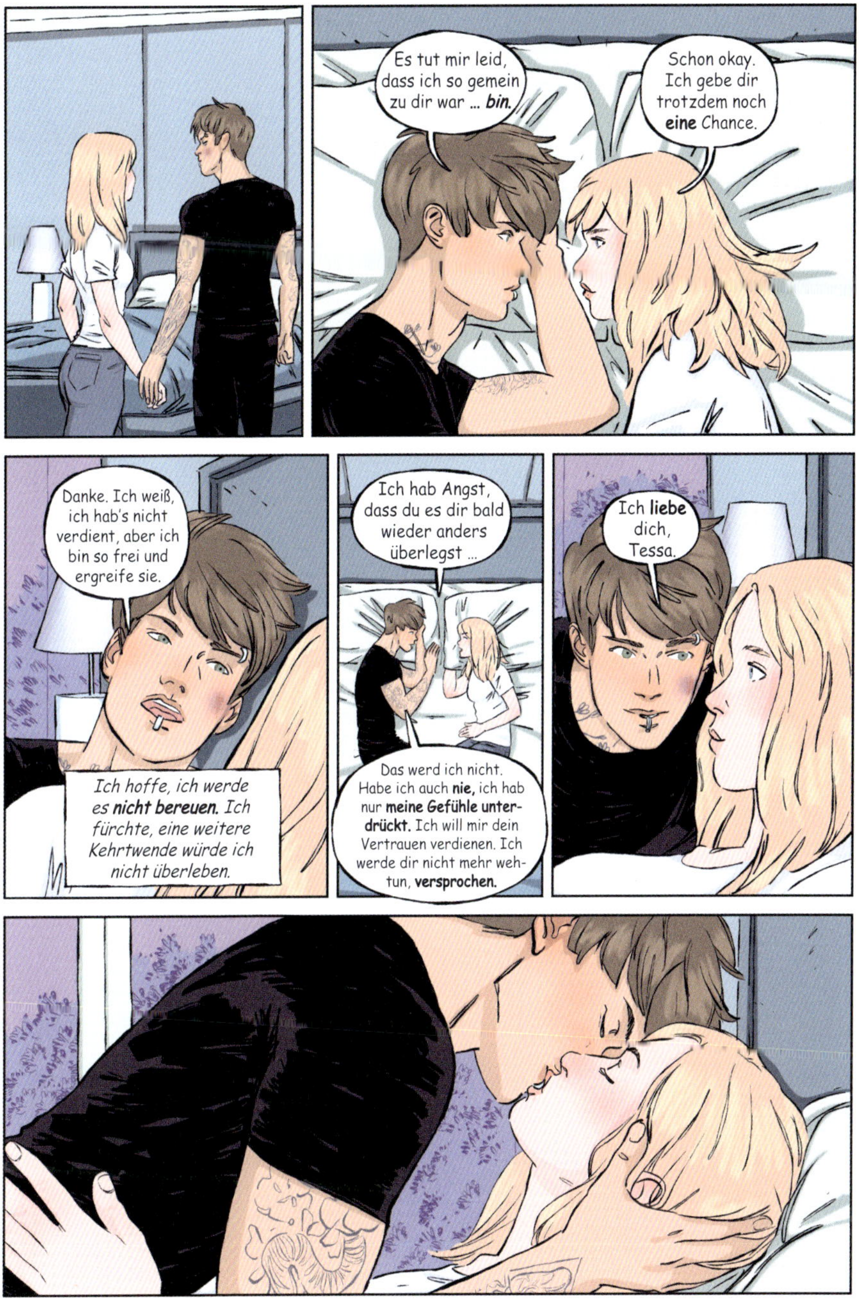

Es tut mir leid, dass ich so gemein zu dir war ... **bin.**
Schon okay. Ich gebe dir trotzdem noch **eine** Chance.
Danke. Ich weiß, ich hab's nicht verdient, aber ich bin so frei und ergreife sie.
*Ich hoffe, ich werde es **nicht bereuen.** Ich fürchte, eine weitere Kehrtwende würde ich nicht überleben.*
Ich hab Angst, dass du es dir bald wieder anders überlegst ...
Das werd ich nicht. Habe ich auch **nie,** ich hab nur **meine Gefühle unterdrückt.** Ich will mir dein Vertrauen verdienen. Ich werde dir nicht mehr wehtun, **versprochen.**
Ich **liebe** dich, Tessa.

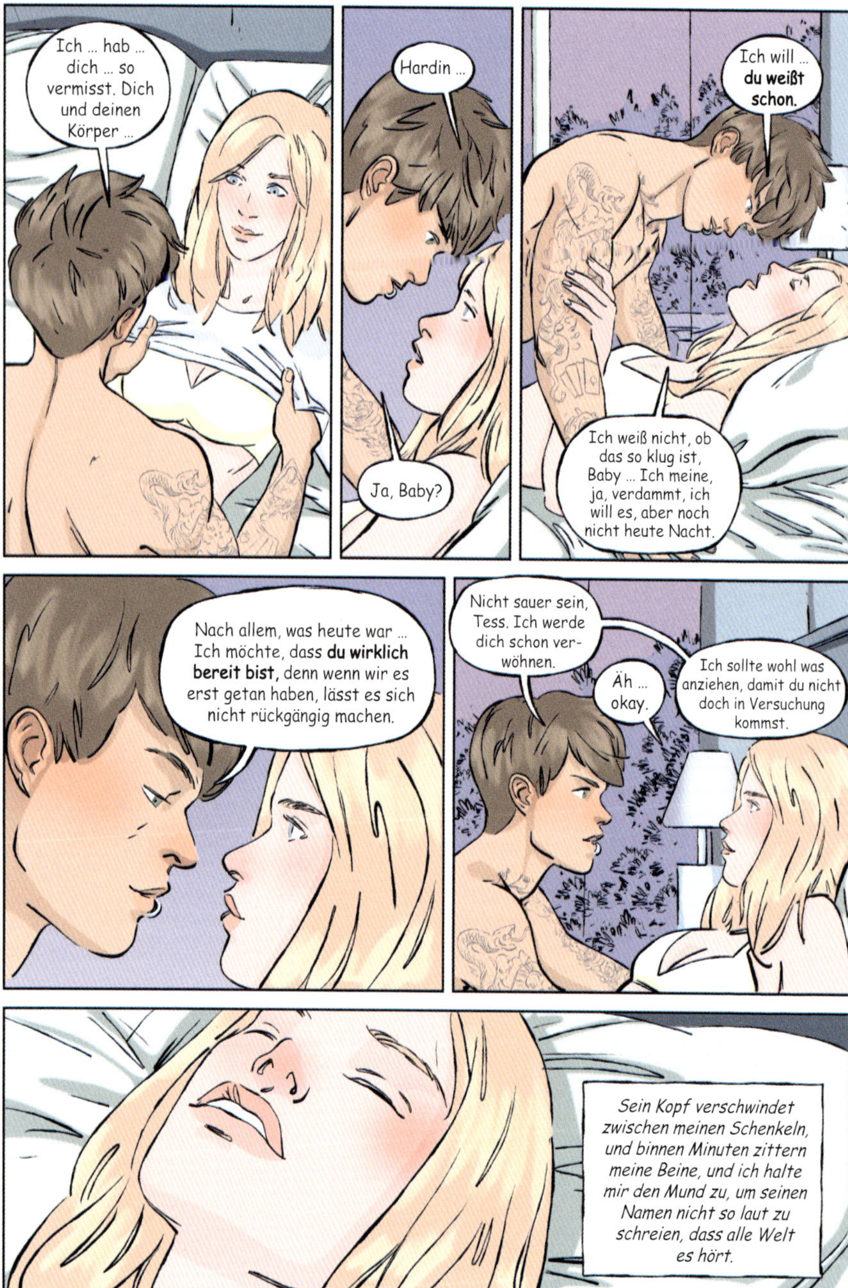
Ich ... hab ... dich ... so vermisst. Dich und deinen Körper ...
Hardin ...
Ja, Baby?
Ich will ... **du weißt schon.**
Ich weiß nicht, ob das so klug ist, Baby ... Ich meine, ja, verdammt, ich will es, aber noch nicht heute Nacht.
Nach allem, was heute war ... Ich möchte, dass **du wirklich bereit bist,** denn wenn wir es erst getan haben, lässt es sich nicht rückgängig machen.
Nicht sauer sein, Tess. Ich werde dich schon verwöhnen.
Äh ... okay.
Ich sollte wohl was anziehen, damit du nicht doch in Versuchung kommst.
Sein Kopf verschwindet zwischen meinen Schenkeln, und binnen Minuten zittern meine Beine, und ich halte mir den Mund zu, um seinen Namen nicht so laut zu schreien, dass alle Welt es hört.

Wird er heute, bei Tageslicht betrachtet, noch dasselbe empfinden? Oder wird er mich quälen und verspotten, weil ich mit ihm schlafen wollte?
Was machst du?
Ent-schuldige, ich ...
Hör nicht auf.
Was hast du heute so vor?
Ich werde mit Karen das Gewächshaus hinten im Garten herrichten.
Ich muss mich wohl nicht fragen, wie du bei meinen Leuten ankommst. Sie mögen dich offensichtlich lieber als mich. Und wenn ich weiter so oft komme, glaubt mein Vater womöglich, dass ich ihn auch mag.
Du könntest ja irgendwas mit ihm unternehmen.
Ganz sicher nicht. Er will ohnehin nichts mit mir zu tun haben.
Unsinn. Wenn es dir zu dumm wird, kannst du ja jederzeit zu Karen und mir raus-kommen.
Mal sehen.
Ich **liebe** dich.
Ich **liebe** dich.

Ich hab Frühstück gemacht. Greift zu.
Vielen Dank, Karen.
Es ist mir peinlich, dass Karen und Ken wissen, dass ich schon wieder hier übernachtet habe. Sie scheinen nichts dagegen zu haben, und wir sind ja auch **volljährig,** trotzdem werde ich **rot.**
Wo sind denn Landon und Dakota?
Sie machen einen Ausflug nach Seattle.
Willst du mir nach wie vor im Gewächshaus helfen, Tessa? Dann bitte ich Ken, die Säcke mit der Erde rüberzutragen.
Na klar. Ich muss nur kurz zum Campus, um mich umzuziehen. Hardin kann Ken ja helfen, wenn wir wieder da sind.
Ach, du bleibst auch, Hardin?
Äh, ja. Also, natürlich nur, wenn das für dich okay ist.

Hardin, hilfst du mir mit den letzten beiden Säcken Erde?
Jep.
Dass Hardin jetzt öfter zu uns kommt, bedeutet uns viel, **besonders Ken.** Ich weiß, das haben wir dir zu verdanken. Ich nehme an, ihr habt euch wieder versöhnt?
Sieht irgendwie so aus, ja. Wir sind nur sehr **verschieden.**
Na ja, das hat auch was **Gutes.** Man braucht auch mal eine Herausforderung.
Tja, das ist Hardin definitiv!
Allmählich dämmert es. Ich habe Hardin seit Stunden nicht gesehen. Ich hoffe, er und Ken haben sich im Lauf des Nachmittags nicht umgebracht.

Als ich vorhin ins Haus kam, sah mir Hardin erleichtert entgegen. Dann wich sein Lächeln einem sinnlichen Blick. Das ist der Hardin, dem ich nicht widerstehen kann.
Wir können unmöglich **zusammen duschen!** Deine Eltern sind unten, und Landon und Dakota könnten jederzeit nach Hause kommen.
Gut, dann **dusche ich eben allein,** während du hier draußen stehst und alles **kaputtanalysierst.**
Na, komm, trau dich. Es ist nur eine Dusche. **Bitte.**
Okay …
Ich finds geil, wie prüde du immer noch bist.
Und so unschuldig … und doch lässt du mich schmutzige Dinge mit dir machen.

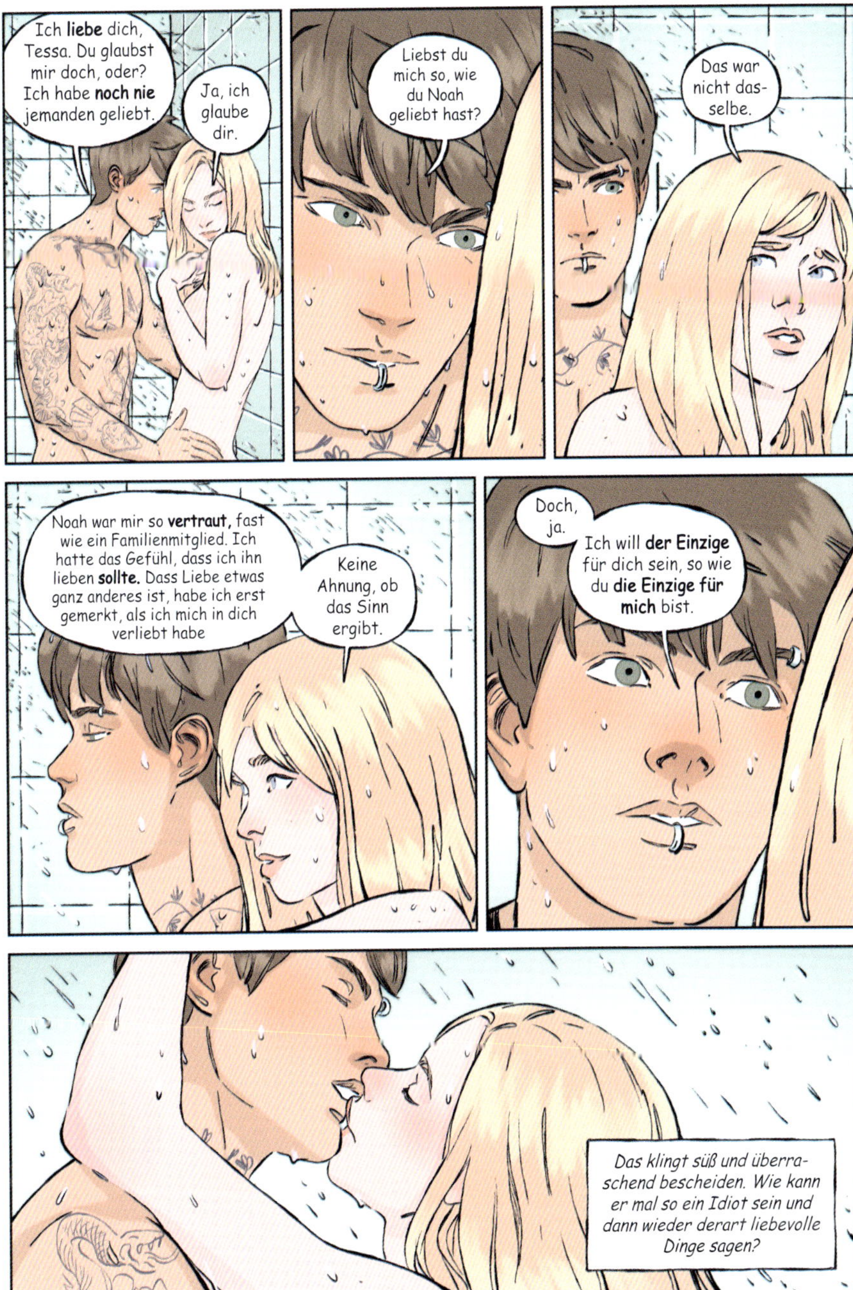
Ich **liebe** dich, Tessa. Du glaubst mir doch, oder? Ich habe **noch nie** jemanden geliebt.
Ja, ich glaube dir.
Liebst du mich so, wie du Noah geliebt hast?
Das war nicht das-selbe.
Noah war mir so **vertraut,** fast wie ein Familienmitglied. Ich hatte das Gefühl, dass ich ihn lieben **sollte.** Dass Liebe etwas ganz anderes ist, habe ich erst gemerkt, als ich mich in dich verliebt habe
Keine Ahnung, ob das Sinn ergibt.
Doch, ja.
Ich will **der Einzige** für dich sein, so wie du **die Einzige für mich** bist.
Das klingt süß und überra-schend bescheiden. Wie kann er mal so ein Idiot sein und dann wieder derart liebevolle Dinge sagen?

Mit verräterisch nassen Haaren gehen wir wieder nach unten. Meine Mutter würde ausrasten, wenn sie wüsste, was ich gerade getan habe, aber Karen wirkt nicht sonderlich überrascht.
Ich hab euch Sandwiches gemacht.
Toll, vielen Dank!
Danke *dir* für deine Hilfe, Tessa. Das Gewächshaus sieht toll aus jetzt.
Vielleicht können wir nächstes Wochenende weitermachen. Ach so, nein, da ist ja die Hochzeit.
Gibt's dafür eigentlich einen Dresscode? Nur, damit ich weiß, was ich anziehen soll.
Ach, du kommst?
Danke, Hardin, **das bedeutet mir viel.**

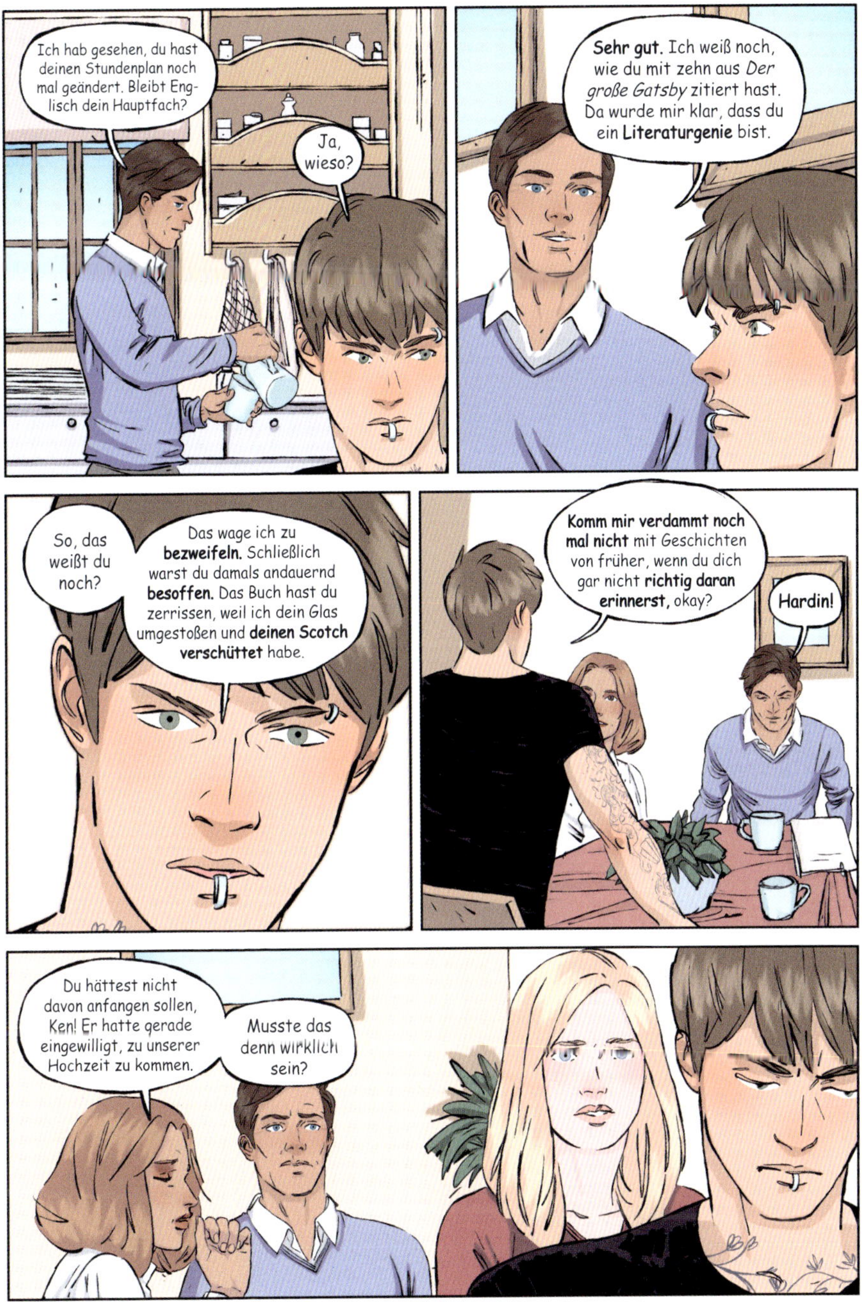

Ich hab gesehen, du hast deinen Stundenplan noch mal geändert. Bleibt Englisch dein Hauptfach?
Ja, wieso?
Sehr gut. Ich weiß noch, wie du mit zehn aus *Der große Gatsby* zitiert hast. Da wurde mir klar, dass du ein **Literaturgenie** bist.
So, das weißt du noch?
Das wage ich zu **bezweifeln.** Schließlich warst du damals andauernd **besoffen.** Das Buch hast du zerrissen, weil ich dein Glas umgestoßen und **deinen Scotch verschüttet** habe.
Komm mir verdammt noch mal nicht mit Geschichten von früher, wenn du dich gar nicht **richtig daran erinnerst,** okay?
Hardin!
Du hättest nicht davon anfangen sollen, Ken! Er hatte gerade eingewilligt, zu unserer Hochzeit zu kommen.
Musste das denn wirklich sein?

Hardin! **Was soll das?**
Hör sofort auf!
Wieso sollte ich? Ist ja nicht so, als könnte er sich keinen neuen Computer leisten.
Wohl wahr.
Was machst du da?
Ich helfe dir.
Du bist nicht **sauer**, weil ich meinen Dad angebrüllt habe?
Nein, warum auch? Es ist doch dein **gutes Recht**, zu sagen, was du denkst.

Schließlich warst du diesmal zur Abwechs- lung nicht grundlos gemein zu ihm.
Wow ... Ich dachte, du würdest hier rein- stürmen und mir eine Szene machen.
Ich bringe ihn auf andere Gedanken.
*Ich hatte noch nie so stark das Gefühl, von Hardin **gebraucht zu werden.** Mir ist, als wäre ich nun tiefer in seinem Leben **verankert.***
Möchtest du darüber reden?
Nein. Und ich will da heute nicht mehr runter.
Schon okay, musst du ja nicht.
Ich **liebe** dich.
Ich **liebe** dich.

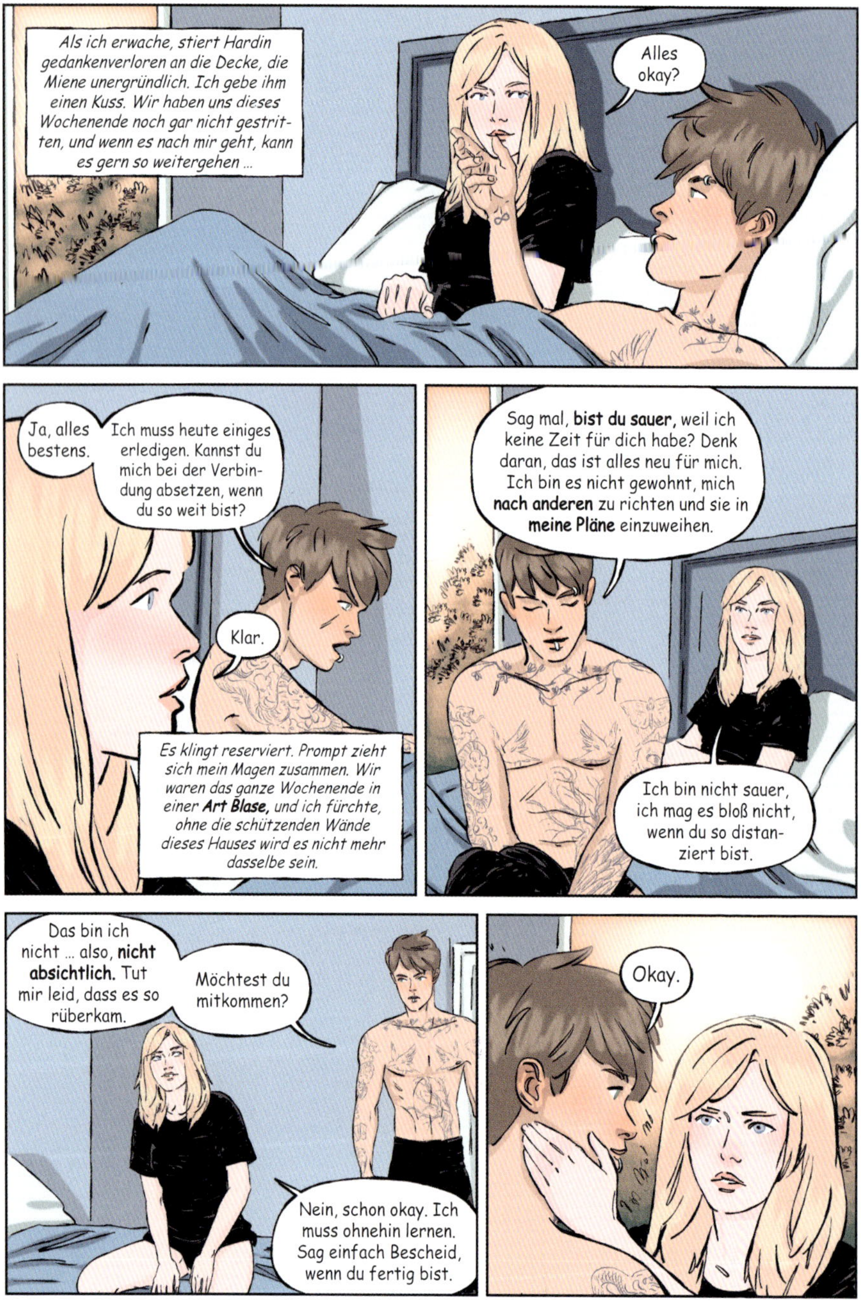
Als ich erwache, stiert Hardin gedankenverloren an die Decke, die Miene unergründlich. Ich gebe ihm einen Kuss. Wir haben uns dieses Wochenende noch gar nicht gestritten, und wenn es nach mir geht, kann es gern so weitergehen …
Alles okay?
Ja, alles bestens.
Ich muss heute einiges erledigen. Kannst du mich bei der Verbindung absetzen, wenn du so weit bist?
Klar.
Es klingt reserviert. Prompt zieht sich mein Magen zusammen. Wir waren das ganze Wochenende in einer **Art Blase,** und ich fürchte, ohne die schützenden Wände dieses Hauses wird es nicht mehr dasselbe sein.
Sag mal, **bist du sauer,** weil ich keine Zeit für dich habe? Denk daran, das ist alles neu für mich. Ich bin es nicht gewohnt, mich **nach anderen** zu richten und sie in **meine Pläne** einzuweihen.
Ich bin nicht sauer, ich mag es bloß nicht, wenn du so distanziert bist.
Das bin ich nicht … also, **nicht absichtlich.** Tut mir leid, dass es so rüberkam.
Möchtest du mitkommen?
Nein, schon okay. Ich muss ohnehin lernen. Sag einfach Bescheid, wenn du fertig bist.
Okay.

Ich komme mir ein bisschen **albern** vor, weil mich nach dem Abschied von Hardin eine merkwürdige Leere erfasst.
Um nicht ständig an ihn zu denken, bereite ich mich für die Woche vor und erledige sämtliche Hausarbeiten.
Als ich fertig bin, ist die Sonne bereits untergegangen, und ich habe einen Bärenhunger, aber die Cafeteria hat schon zu. Hardin hat sich **noch immer nicht** gemeldet, also wird er heute Abend wohl nicht vorbeikommen.
Ich mache mich auf die Suche nach etwas Essbarem und lande im The Ice House, einem winzigen Diner. Mir knurrt der Magen, und ich will nicht noch länger suchen.
Hi!

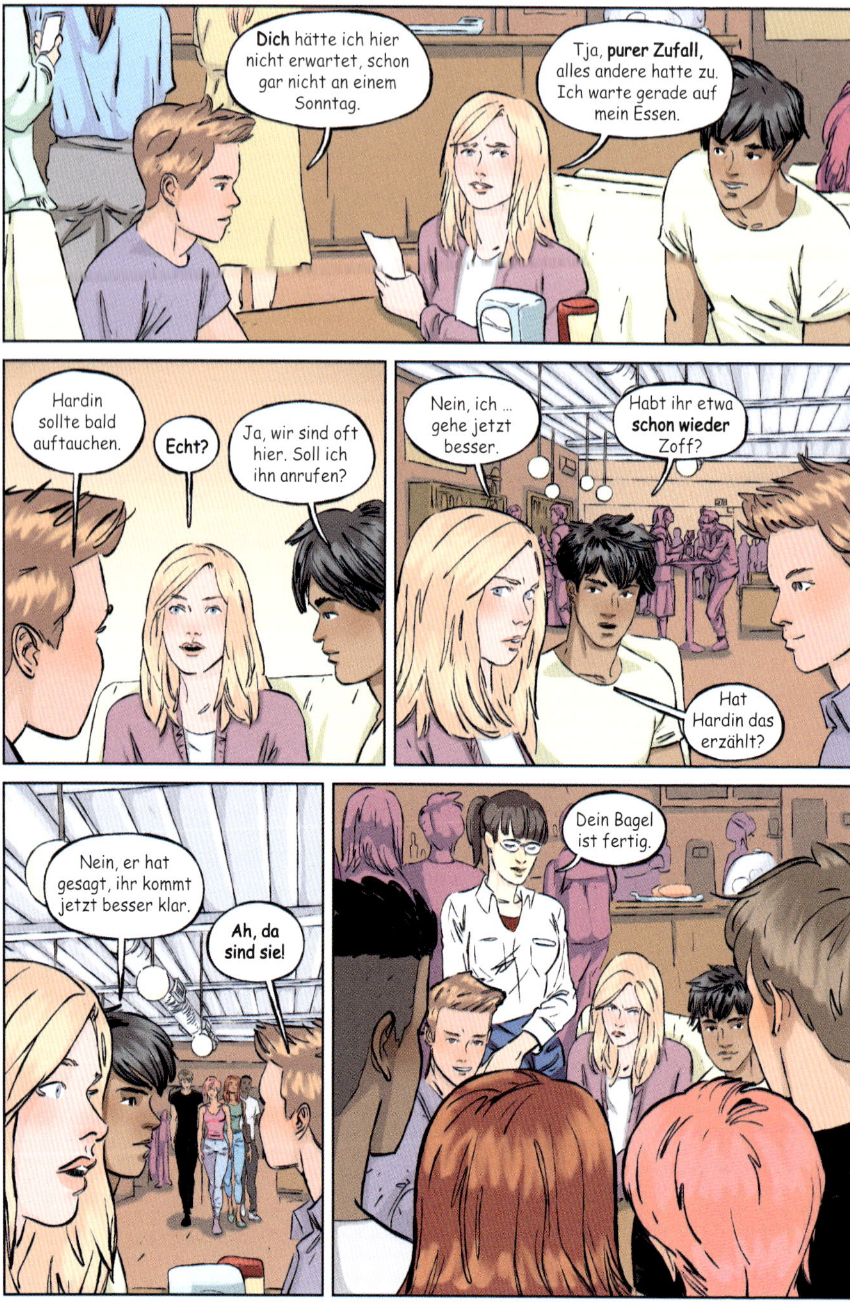

Dich hätte ich hier nicht erwartet, schon gar nicht an einem Sonntag.
Tja, **purer Zufall,** alles andere hatte zu. Ich warte gerade auf mein Essen.
Hardin sollte bald auftauchen.
Echt?
Ja, wir sind oft hier. Soll ich ihn anrufen?
Nein, ich ... gehe jetzt besser.
Habt ihr etwa **schon wieder** Zoff?
Hat Hardin das erzählt?
Nein, er hat gesagt, ihr kommt jetzt besser klar.
Ah, da sind sie!
Dein Bagel ist fertig.

Äh, ich glaub, ich nehme ihn lieber mit, danke.
MEAL + DRINK $ 15'95
Wie, du gehst schon?
Ich ... muss noch lernen.
Bleib doch noch. **Du lernst zu viel!**
Also, dann schönen Abend allerseits!
Ich habe keinerlei Hoffnung mehr, dass mich Hardin zur Begrüßung umarmen wird.
Warte.
Kriege ich keinen **Gute-Nacht-Kuss?**
W-was?
Wieso das denn?
Warum gehst du schon? Und was hat dich überhaupt **hierher** verschlagen?
Warum wohl? Sie sind zusammen.
Was??
Ach, sei still, Molly.

Ich hatte Hunger, und du hast mich ja den **ganzen Tag** ignoriert. Und jetzt tauchst du hier **mit Molly** auf.
Und mit Logan, Tristan und Steph.
Es stört mich, dass du was mit Molly hattest.
Das ist Vergangenheit, Baby. Nicht zu vergleichen mit uns. Molly gehört eben zu unserer Gang.
Ich komme mit.
Willst du nicht lieber bei deiner *Gang* bleiben?
Du hast mir gefehlt.
Ich will gerade fragen, warum er mir nicht geschrieben hat und wo er war, da stockt mir der Atem.
Vor meinem Zimmer steht meine Mutter.

Hi Mom!
Was bildest du dir eigentlich ein?
Ich … Äh …
Ich habe Noahs Mom beim Einkaufen getroffen und so von eurer Trennung erfahren! Kannst du dir vorstellen, wie peinlich das für mich war? Kein Wunder, dass mir Noah seit zwei Wochen aus dem Weg geht. **Was hast du dir dabei gedacht?**
Ja, **wir haben uns getrennt.** Keine große Sache.
Keine große Sache? Wie kannst du es wagen …? Ihr wart **jahrelang** zusammen! Noah tut dir gut! Er kommt **aus gutem Hause** und hat eine Zukunft!
Zum Glück ließ er sich überreden, dir zu verzeihen, deinem liederlichen Benehmen zum Trotz.
Wie kannst *du* es wagen, mit ihm darüber zu reden? **Ich will nicht mit ihm zusammen sein!**

Nun hör aber auf mit den Albernheiten! Und was willst du mit diesem … diesem Punk? Ist das etwa eine Art Rebellion gegen mich? Was hab ich dir getan, dass du mich derart hasst?
Es geht hier nicht um dich! Warum glaubst du immer, dass sich alles um dich dreht?
Ganz recht, es geht um dich, um deine Zukunft! Und die setzt du aufs Spiel, wenn du dich mit diesem … Freak einlässt, so verwegen er auch wirken mag!
Rede gefälligst nicht so über ihn!
Sag mal, wie redest du denn mit mir? Ich wusste schon damals, als ich ihn das erste Mal bei dir gesehen habe, dass da etwas im Busch ist. Ich hätte nur nicht gedacht, dass du so bald die Beine für ihn breitmachst!
Okay, das geht jetzt zu weit.
Sie halten sich da raus!
Wenn du dich weiter mit ihm triffst, rede ich nicht mehr mit dir, und ich überweise dir auch kein Geld mehr.
Du willst mir mein Studium nicht mehr finanzieren, weil dir nicht passt, wen ich liebe?

Sei nicht so naiv, Kind. **Was weißt du schon von Liebe?** Glaubst du etwa, er liebt dich?
Wenn du diese Beziehung nicht beendest, hat das **Konsequenzen.** Ruf mich an, wenn du wieder klar denken kannst.
Tut mir echt leid.
Du musst dich nicht entschuldigen. Ich bin **stolz** auf dich. Du hast ihr die Stirn geboten.
Ich kann nicht fassen, dass sie sich so auf-führt und droht, mich finanziell nicht mehr zu unterstützen. Wenn sie wirklich nicht mehr zahlt, brauche ich zusätzlich zum Praktikum einen Job.
Nicht doch. Wir könnten uns eine Wohnung in Campus-nähe suchen. Ich hab genug Geld.
Du bist verrückt.
Ich will ohnehin aus dem Wohnheim raus. Ich bin da nur ein-gezogen, um meinen Vater zu ärgern.
Überleg es dir, ja?
Ist das dein Ernst?

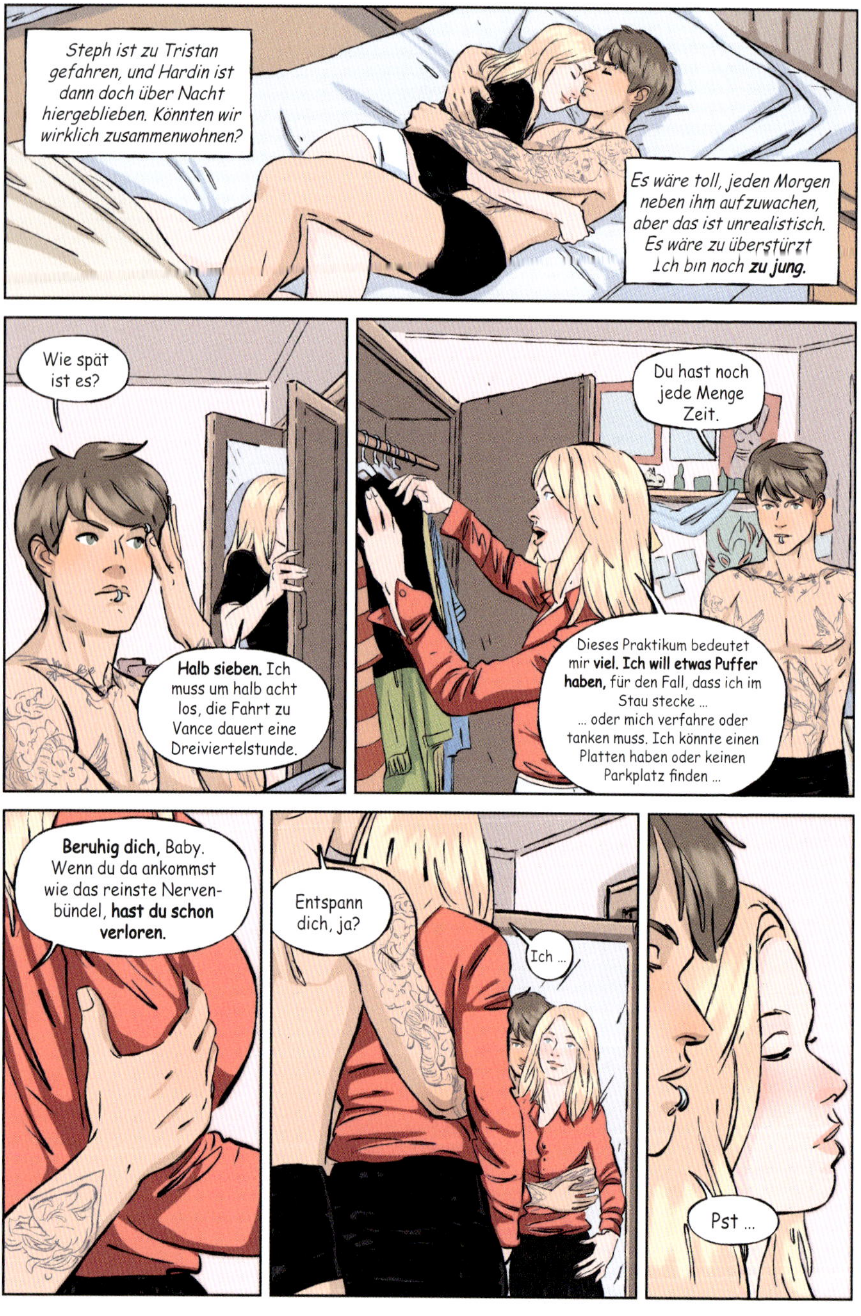
Steph ist zu Tristan gefahren, und Hardin ist dann doch über Nacht hiergeblieben. Könnten wir wirklich zusammenwohnen?
Es wäre toll, jeden Morgen neben ihm aufzuwachen, aber das ist unrealistisch. Es wäre zu überstürzt. Ich bin noch **zu jung.**
Wie spät ist es?
Halb sieben. Ich muss um halb acht los, die Fahrt zu Vance dauert eine Dreiviertelstunde.
Du hast noch jede Menge Zeit.
Dieses Praktikum bedeutet mir **viel. Ich will etwas Puffer haben,** für den Fall, dass ich im Stau stecke … … oder mich verfahre oder tanken muss. Ich könnte einen Platten haben oder keinen Parkplatz finden …
Beruhig dich, Baby. Wenn du da ankommst wie das reinste Nervenbündel, **hast du schon verloren.**
Entspann dich, ja?
Ich …
Pst …

Guten Morgen!
Hi, Mr. Vance.
Sagen Sie ruhig Christian. Ich zeige Ihnen Ihr Büro.
Mein Büro?
Ja, Sie brauchen doch einen Arbeitsplatz. Voilà, klein, aber fein ...
Sie werden mindestens **zwei Manuskripte** pro Woche lesen. Wenn eines **gut** ist und in unser Programm passt, schicken Sie es mir. Wenn nicht, **ab in die Tonne damit.**
Theresa Young
Es gibt zweihundert Dollar die Woche, und **wenn wir zufrieden sind,** eine **Erhöhung** in drei Monaten.
Wow! *Damit könnte ich mir glatt eine eigene Wohnung leisten.*

Danke! Das ist mehr, als ich erwartet hatte.
Keine Ursache. Ich weiß aus verlässlicher Quelle, wie fleißig Sie sind.
Erzählen Sie Hardin doch, dass es Ihnen hier gefällt, vielleicht fängt er dann ja wieder bei uns an.
Äh, was?
Hardin ist voriges Jahr als Praktikant bei uns eingestiegen und wurde dank **hervorragender Leistungen** bald eingestellt. Aber Bolthouse hat ihn geködert – mit mehr Geld und Homeoffice.
Angeblich fand er die Räumlichkeiten hier nicht ansprechend …
Ich werd ihm von meinem Büro vorschwärmen.
Young
Gut …
Und nun zu den Formalitäten.

Nach Feierabend rufe ich Hardin an. Er geht nicht ran.
LINGERIE
Also fahre ich zu Nordstrom. Ich brauche noch mehr Klamotten für das Praktikum und ein paar schöne Dessous. Hardin wird Augen machen!
Warum meldet sich Hardin nicht?

Eine Stunde später.
Gut geschlafen? Hab mir meinen Schlüssel von Steph zurückgeholt. Wie war's bei Vance?
Super. Ich hab ein eigenes Büro und werde dafür bezahlt, Manuskripte zu lesen. Ist das zu fassen?
Wow, er scheint dich zu mögen.
Warum hast du nie erwähnt, dass du für ihn gearbeitet und dann gewechselt hast?
Wann kommst du überhaupt zum Arbeiten?
Du und deine ganzen Fragen … **Keine Ahnung,** wieso ich nichts gesagt hab. Ich arbeite, wenn ich nicht mit dir zusammen oder in einem Kurs bin.
Erzähl mir von deinem Job. Was machst du? **Gefällt es dir?**
Ich lese und redigiere Manuskripte, wie du. Und ja, es gefällt mir.

Möchtest du nach dem Studium für einen Verlag arbeiten?
Weiß ich noch nicht. Du stellst echt viel zu viele Fragen.
Was hat er denn schon wieder?
Ich muss jetzt duschen.
Dann **geh.**
Ich dachte, das hätten wir hinter uns, dass du **grundlos so ein Arsch** bist.
Ich hab doch nur nach seinem Job gefragt, und warum er ihn nicht erwähnt hat. Wo liegt das Problem?
*Es gibt so vieles, was ich nicht über ihn weiß, und das **beunruhigt mich.** Sehr sogar.*
*Ich überlege, wie ich ihm das klarmachen soll, aber als ich zurückkomme, **ist Hardin weg.***

Ich versuche vergeblich zu verdrängen, wie sehr mich sein Benehmen nervt.
10:15
Es ist übertrieben und ein bisschen **verrückt,** aber ich weiß nicht, wo er ist. Was, wenn er sich mit **Molly** rumtreibt?
Schließlich probiere ich die neuen Dessous an, um mich abzulenken.
Steph übernachtet heute bei Tristan. **Die Glückliche.** Tristan ist verrückt nach ihr. Er würde sie sicher nie grundlos anschnauzen und abhauen.
11:00
Gute Nacht.
2:00

RUMMS!
Shit.
Was willst du hier?
Ich bin hier, weil du mir gefehlt hast.
Du bist betrunken. Warum bist du abgehauen?
Du hast mich genervt. Und ja, **ich bin betrunken,** was dagegen?
Nein, aber ich hab morgen Kurse, und dafür muss ich ausgeschlafen sein. **Du solltest lieber gehen.**
»*Ich hab morgen Kurse* …« Wie kann man nur so spießig sein?
Hey, nicht sauer sein. **Willst du echt, dass ich gehe?** Du **weißt,** was passiert, wenn ich ohne dich schlafe.
Das weiß ich in der Tat, aber es ist unfair von ihm, mich damit unter Druck zu setzen, wo er besoffen ist und mich nur verhöhnt.

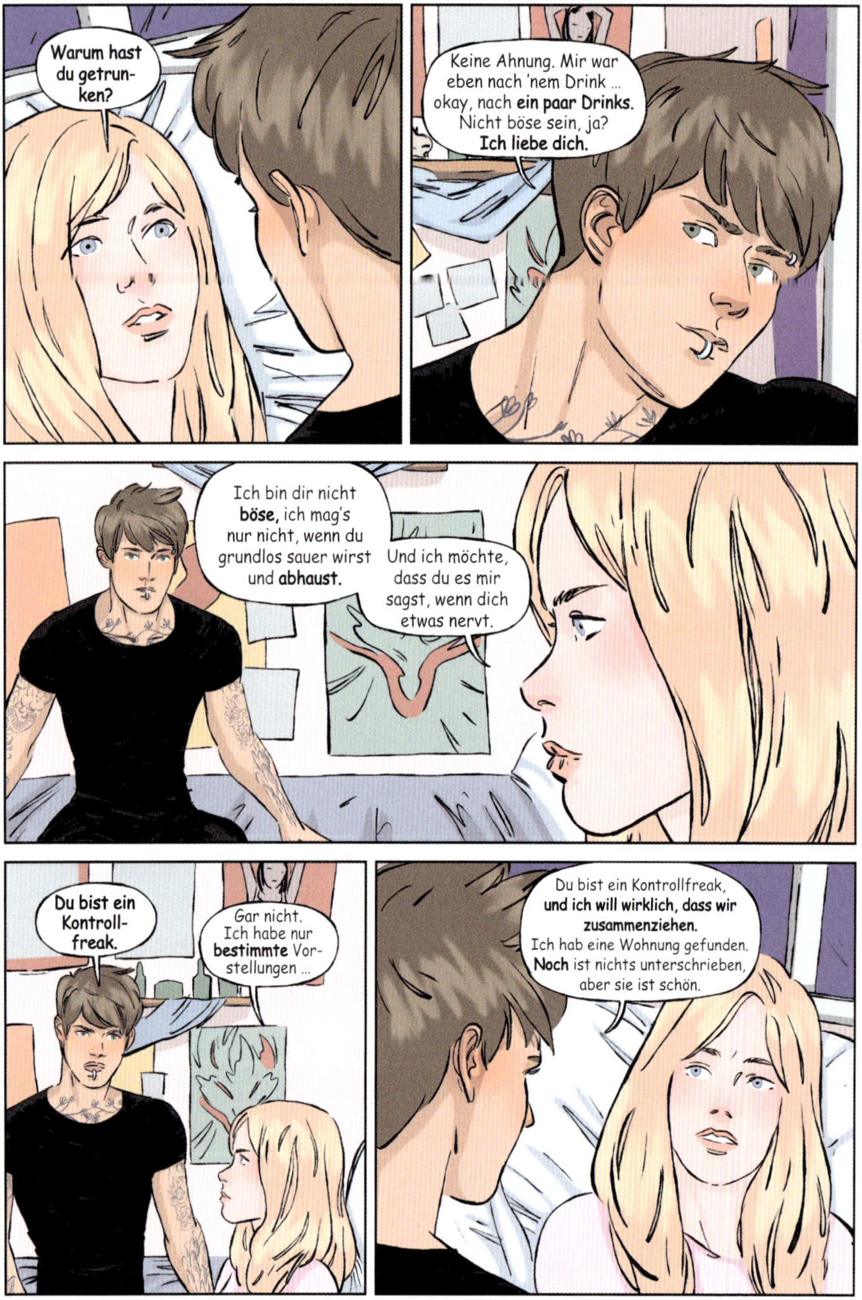
Warum hast du getrunken?
Keine Ahnung. Mir war eben nach 'nem Drink … okay, nach **ein paar Drinks.** Nicht böse sein, ja? **Ich liebe dich.**
Ich bin dir nicht **böse,** ich mag's nur nicht, wenn du grundlos sauer wirst und **abhaust.**
Und ich möchte, dass du es mir sagst, wenn dich etwas nervt.
Du bist ein Kontrollfreak.
Gar nicht. Ich habe nur **bestimmte** Vorstellungen …
Du bist ein Kontrollfreak, **und ich will wirklich, dass wir zusammenziehen.** Ich hab eine Wohnung gefunden. **Noch** ist nichts unterschrieben, aber sie ist schön.

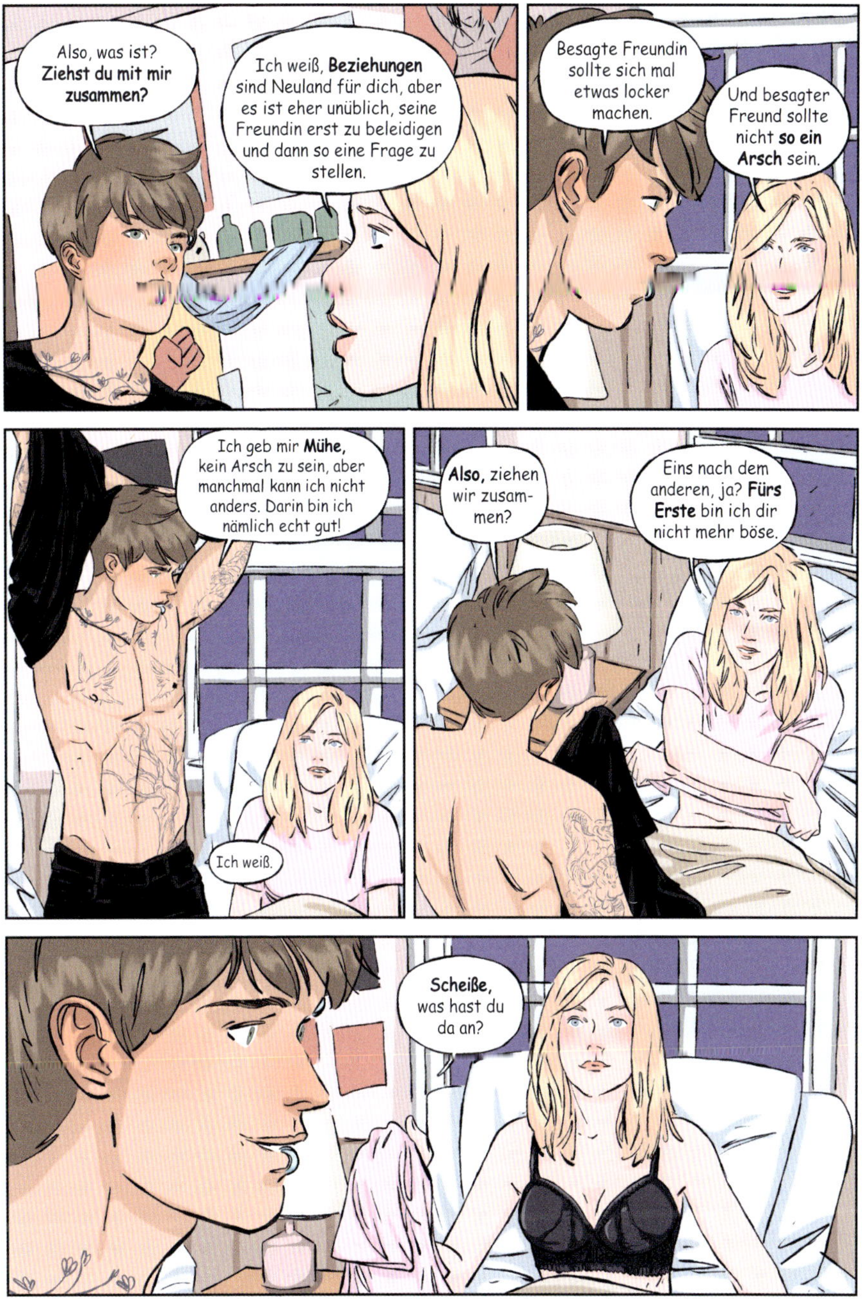
Also, was ist? **Ziehst du mit mir zusammen?**
Ich weiß, **Beziehungen** sind Neuland für dich, aber es ist eher unüblich, seine Freundin erst zu beleidigen und dann so eine Frage zu stellen.
Besagte Freundin sollte sich mal etwas locker machen.
Und besagter Freund sollte nicht **so ein Arsch** sein.
Ich geb mir **Mühe,** kein Arsch zu sein, aber manchmal kann ich nicht anders. Darin bin ich nämlich echt gut!
Ich weiß.
Also, ziehen wir zusam-men?
Eins nach dem anderen, ja? **Fürs Erste** bin ich dir nicht mehr böse.
Scheiße, was hast du da an?

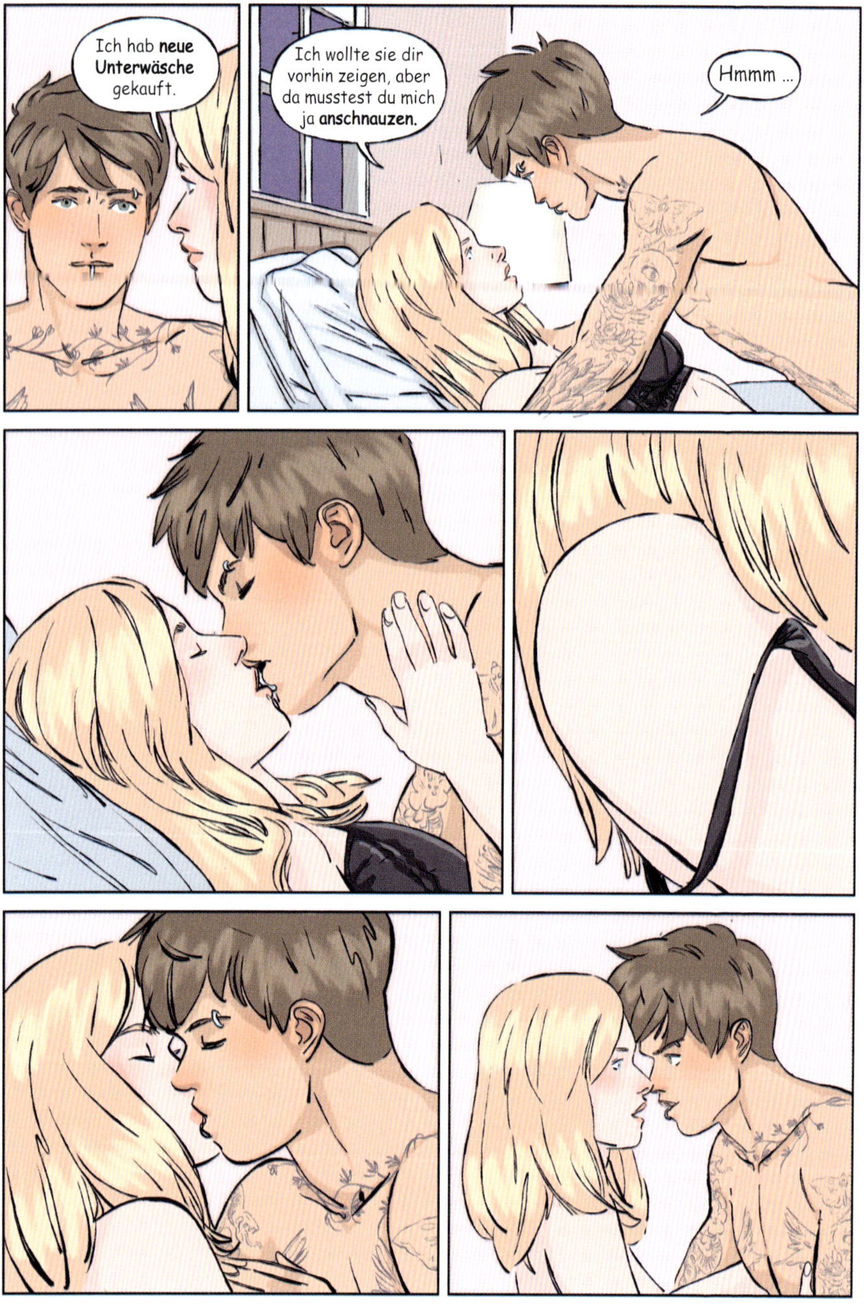
Ich hab neue Unterwäsche gekauft.
Ich wollte sie dir vorhin zeigen, aber da musstest du mich ja anschnauzen.
Hmmm ...

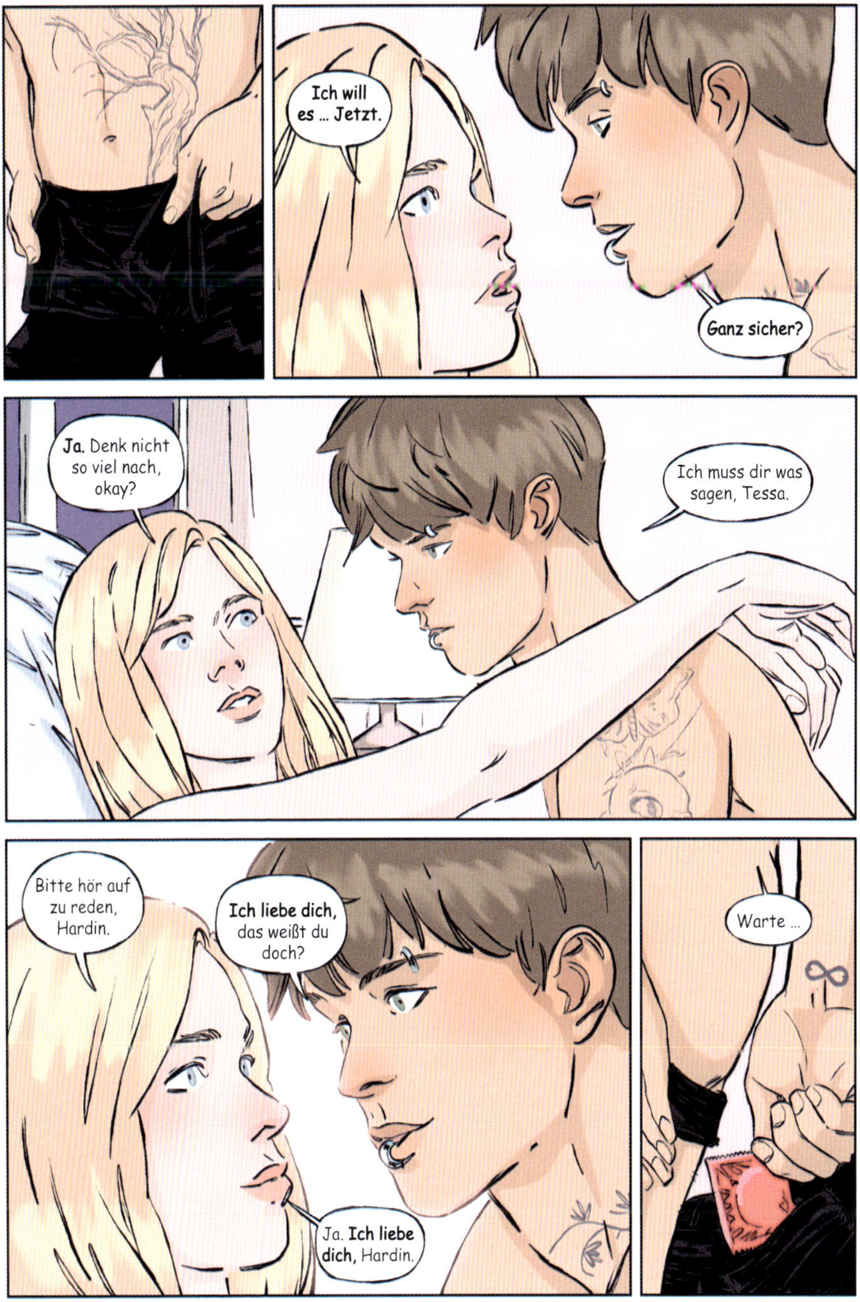
Ich will es … Jetzt.
Ganz sicher?
Ja. Denk nicht so viel nach, okay?
Ich muss dir was sagen, Tessa.
Bitte hör auf zu reden, Hardin.
Ich liebe dich, das weißt du doch?
Ja. Ich liebe dich, Hardin.
Warte …

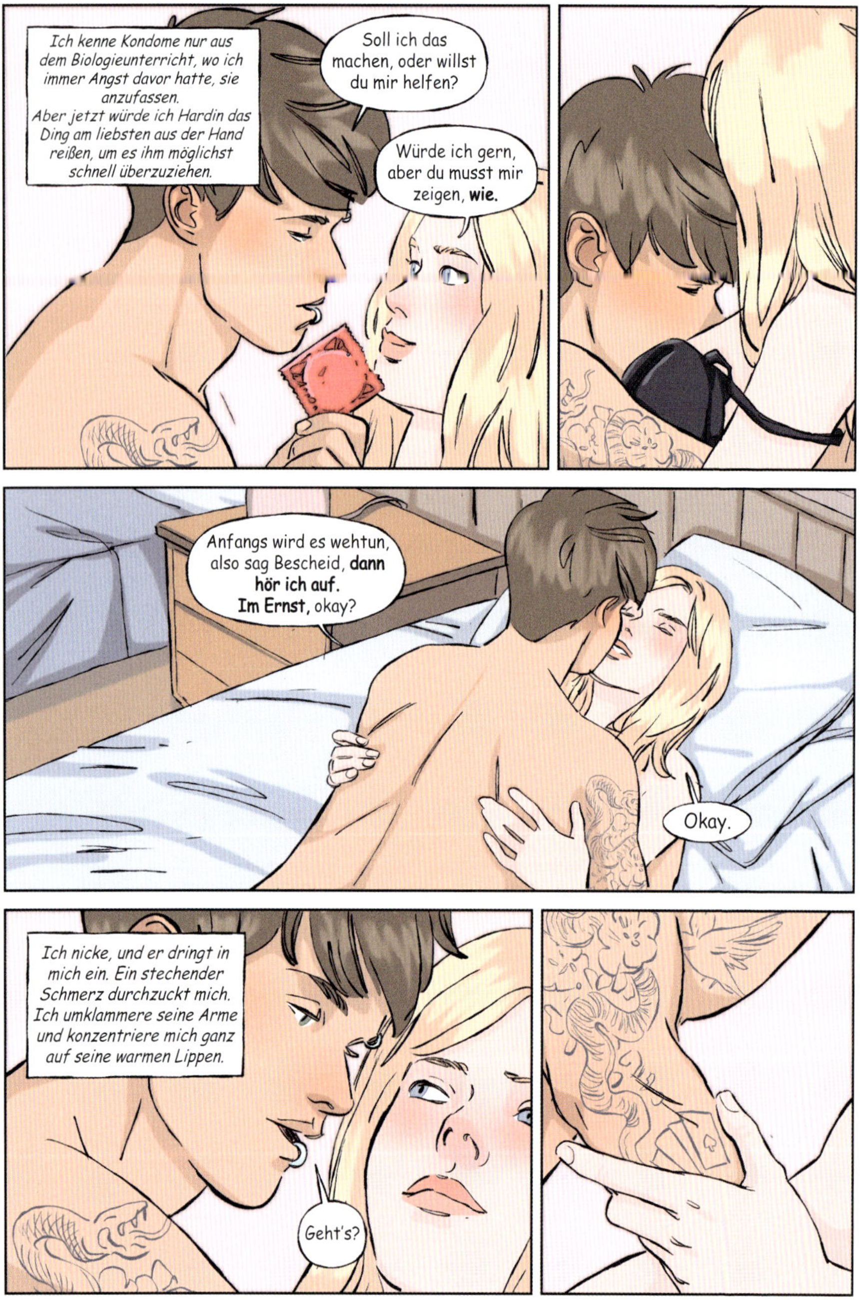
Ich kenne Kondome nur aus dem Biologieunterricht, wo ich immer Angst davor hatte, sie anzufassen.
Aber jetzt würde ich Hardin das Ding am liebsten aus der Hand reißen, um es ihm möglichst schnell überzuziehen.
Soll ich das machen, oder willst du mir helfen?
Würde ich gern, aber du musst mir zeigen, **wie.**
Anfangs wird es wehtun, also sag Bescheid, **dann hör ich auf. Im Ernst,** okay?
Okay.
Ich nicke, und er dringt in mich ein. Ein stechender Schmerz durchzuckt mich. Ich umklammere seine Arme und konzentriere mich ganz auf seine warmen Lippen.
Geht's?

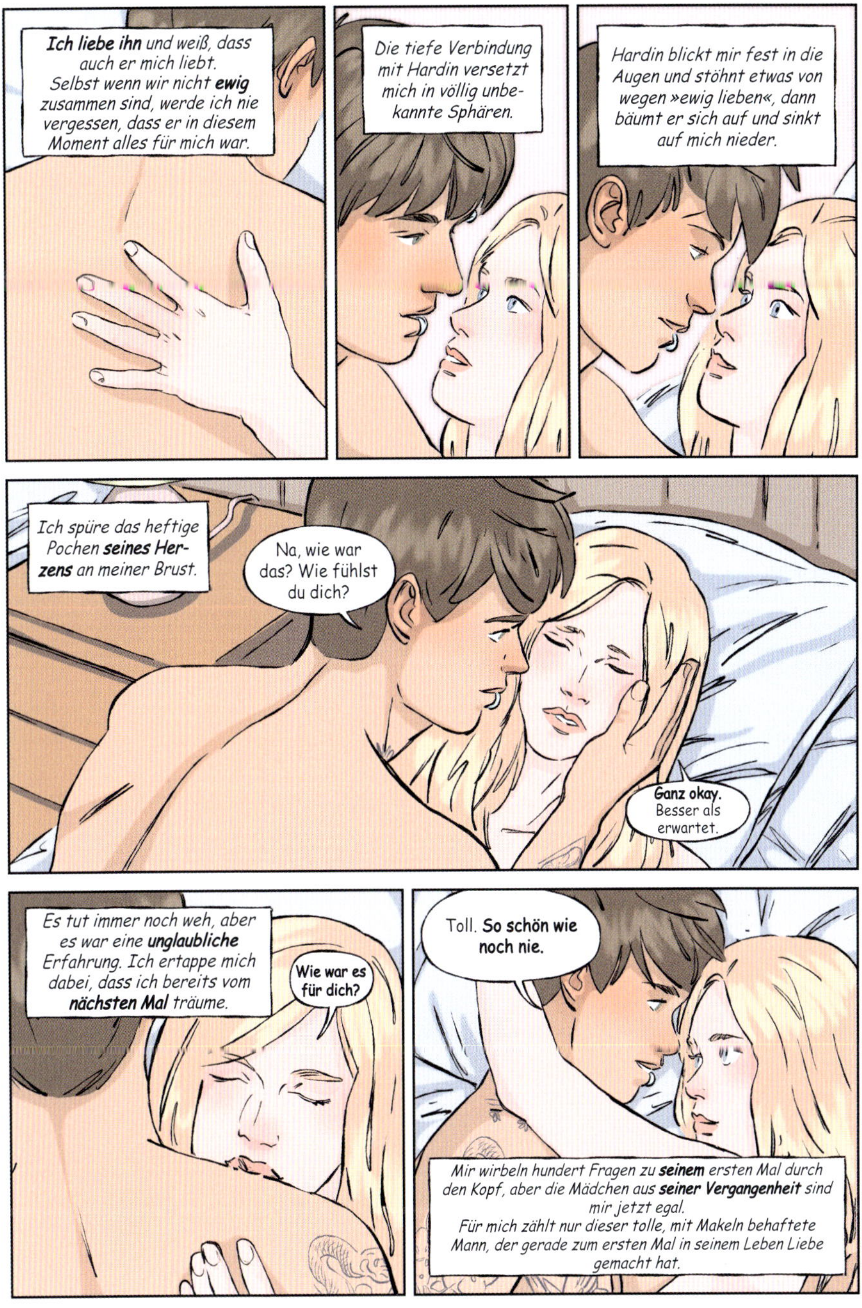

Ich liebe ihn und weiß, dass auch er mich liebt. Selbst wenn wir nicht **ewig** zusammen sind, werde ich nie vergessen, dass er in diesem Moment alles für mich war.
Die tiefe Verbindung mit Hardin versetzt mich in völlig unbekannte Sphären.
Hardin blickt mir fest in die Augen und stöhnt etwas von wegen »ewig lieben«, dann bäumt er sich auf und sinkt auf mich nieder.
Ich spüre das heftige Pochen **seines Herzens** an meiner Brust.
Na, wie war das? Wie fühlst du dich?
Ganz okay. Besser als erwartet.
Es tut immer noch weh, aber es war eine **unglaubliche** Erfahrung. Ich ertappe mich dabei, dass ich bereits vom **nächsten Mal** träume.
Wie war es für dich?
Toll. **So schön wie noch nie.**
Mir wirbeln hundert Fragen zu **seinem** ersten Mal durch den Kopf, aber die Mädchen aus **seiner Vergangenheit** sind mir jetzt egal.
Für mich zählt nur dieser tolle, mit Makeln behaftete Mann, der gerade zum ersten Mal in seinem Leben Liebe gemacht hat.

Eine Stunde später atmen wir wieder normal.
Ich frage mich, ob ich so **gut** aussehe, wie ich mich **fühle** - wohlig und seltsam im Reinen mit mir.
Nimm das Laken mit und wirf es unterwegs in eine Mülltonne, ja?
Ach, du schläfst mit mir und **wirfst mich dann raus?**
Ich liebe dich.
Jetzt weiß ich, weshalb um Sex so viel Wirbel gemacht wird.
Ich habe einiges verpasst, aber ich weiß, mit einem anderen als Hardin wäre es nicht so unglaublich gewesen.
Ich sehe anders aus. Es ist nur eine kleine Veränderung, die ich nicht genau benennen kann, aber sie gefällt mir.

Ich glaub, ich sollte mal duschen.
Ich auch. Ja, schon klar, nicht mit dir.
In unserer gemeinsamen Wohnung ginge das.
Auch er hat sich verändert. Sein Lächeln ist inniger, seine Augen strahlen. Ich glaube nicht, dass andere es bemerken würden, aber ich kenne ihn besser als alle anderen, trotz seiner vielen Geheimnisse.
Was ist?
Nichts. Ich liebe dich.
Hast du schon übers Zusammenziehen nachgedacht?
Zwei lebensverändernde Entscheidungen an einem Abend sind zu viel!
Ich möchte nur bald den Vertrag unterschreiben. Ich muss aus dem verdammten Verbindungshaus raus. Und ich will möglichst viel Zeit mit dir verbringen.

Also?
Ich weiß nicht ...
Wir kennen uns noch nicht so lang. Ich dachte **immer**, das mit dem Zusammenziehen kommt erst, wenn ich **verheiratet** bin.
*Außerdem habe ich Angst davor, von jemandem finanziell **abhängig** zu sein. So wie meine Mutter von meinem Vater. **Bis er verschwand und nicht mehr wiederkam.***
Verheiratet? Ganz schön altmodische Einstellung, Tessa.
Was hast du gegens Heiraten? Ganz im Allgemeinen, meine ich.
Nichts, es ist nur nicht **mein** Ding. Stört dich das?
Ich kenne **niemanden**, der die Ehe grundsätzlich ablehnt. Ich dachte, das will **jeder**. Darum geht's doch schließlich im Leben, nicht?

Nicht dass ich Hardin heiraten wollen würde. Dafür ist es zu früh. Um Jahre zu früh.
Ich glaube, die Menschen wollen einfach glücklich sein.
Denk daran, was sich **Catherine und Heathcliff** mit der Eheschließung eingebrockt haben. Oder Rochester und Jane …
Catherine and Heathcliff haben geheiratet, aber **nicht einander** – das war das Problem.
Heißt das, du willst **mich heiraten?** Tja, wer weiß, jetzt, wo du mir ein handfestes Argument geliefert hast, überdenke ich meine **Haltung zur Ehe** vielleicht noch mal. Du machst noch einen **ehrlichen Mann** aus mir!
Was? Nein, **so war das nicht gemeint.**
Okay, ab unter die Dusche. Wenn du hier noch länger im Bademantel rumstehst, werfe ich dich aufs Bett und vögle dich gleich noch mal.

Puh, meine Augen **brennen.** Eine Stunde Schlaf ist definitiv zu wenig.
Ich muss los.
Hmmm ... **Ich liebe dich.**
Vielleicht wär's gar nicht so übel, mit ihm **zusammenzuwohnen.** Wir verbringen ohnehin fast jede Nacht miteinander.
Nein. **Keine gute Idee.** Es ist **zu früh.**
Tag! Sind Sie neu hier?
Ich bin die neue Praktikantin.
Ich habe auch als Praktikant angefangen. Es wird Ihnen bei uns gefallen. **Ich heiße Trevor.**
Hi Trevor, ich bin **Tessa Young.**

Viel Glück mit Ihrem ersten Manuskript! C. Vance.
Das Manuskript ist **richtig gut.** Ich kann gar nicht aufhören zu lesen. Ehe ich mich's versehe, sind ein paar Stunden vergangen.
KLINGELING!
Hallo? Äh, ich meine, Tessa Youngs Büro.
Hier ist jemand, der zu Ihnen möchte. Soll ich ihn reinschicken?
Ähm, wer ist es denn?
Ich bin nicht sicher ... ein junger Mann ... äh ... **mit vielen Tätowierungen ...**
Verstehe. Ich komme, danke.
Hm, was will er wohl hier?

Hi! Alles **in Ordnung?**
Ja, ich wollte nur mal sehen, wie's so bei dir läuft. Du hast auf meine Nachricht, ob du gut angekommen bist, **nicht reagiert.**
Oh, entschuldige, ich war so vertieft in mein Manuskript …
Ich hab mir **Sorgen gemacht,** weil du dich nicht gemeldet hast. Ich dachte, du … **bereust** letzte Nacht womöglich.
Was? Nein, natürlich nicht. Ich bereue nichts. Gar nichts.
Wen haben wir denn da? Willst du etwa deinen Job wieder?
Träum weiter!
Was verschafft mir dann die Ehre? Bist du hinter meiner neuen Praktikantin her?
Erraten.
Wollen wir zusammen Mittag essen gehen, Tessa? Und danach könntest du mir dein Büro zeigen.
Gern.

Na, alles klar so weit?
Äh, ja, danke!
Ich bin Trevor aus der Buchhaltung. Nett, Sie kennenzulernen.
Tja, dann ... bis bald!
Was soll das? **Du flirtest vor mir** mit anderen Typen?
Was? Ich hab ihn morgens im Aufzug kennengelernt.
Und ich hab **keineswegs** geflirtet. Ich war nur höflich, genau wie er.
Gepflegt, gut gekleidet ... Gefällt dir, hm?
Ach, du glaubst, ich will einen wie ihn? Einen, der anders ist als du? Tja, du irrst dich mal wieder.
***Zum Glück** scheint er mir zu glauben. Ich muss ihm klarmachen, dass er unbesorgt sein kann. Allmählich lerne ich, die **Bombe** namens Hardin zu entschärfen.*
Echt scharf, dein Outfit.
Da muss ich rangehen.
KLINGELING!
Höchste Zeit, mich wieder an die Arbeit zu machen. Es ist Kimberly – ich soll umgehend zu Mr. Vance kommen. Sie klingt amüsiert.

Steph! Was hast du? Ist alles okay?
Ich glaub, es ist aus.
Wie, du glaubst, es ist aus? Warum?
Wir hatten Streit, und ich hab Schluss gemacht, aber das war nicht ernst gemeint. Ich war nur sauer, weil er mit Molly rumhing, und ich weiß, wie sie ist.
Du hättest sehen sollen, wie sie mit ihm geflirtet hat. Für die Aufmerksamkeit der Jungs tut sie alles.
Tristan würde nie etwas mit ihr anfangen. Er liebt dich wirklich. Los, ruf ihn an und rede mit ihm, ja?
Ich weiß nicht. Manchmal glaubt man, jemanden zu kennen, aber …
Hi … Äh, soll ich später wiederkommen?

Nein. Ich werd Tristan suchen und mich **ent-schuldigen.**
Danke, Tessa.
Wie wär's mit Dinner im Ein-kaufszentrum?
Gern. Ich ziehe mich um.
Und könntest du Karen oder Landon fragen, was ich anzie-hen soll? **Zur Hochzeit,** meine ich.
Klar, ich rufe Landon an. Ich nehme an, Anzughose und Krawatte genügt.
Pfff, eine Krawatte? Echt?
Du siehst **zum Anbeißen** aus – tagsüber sexy Sekretärin, abends süße Studentin.
WCU

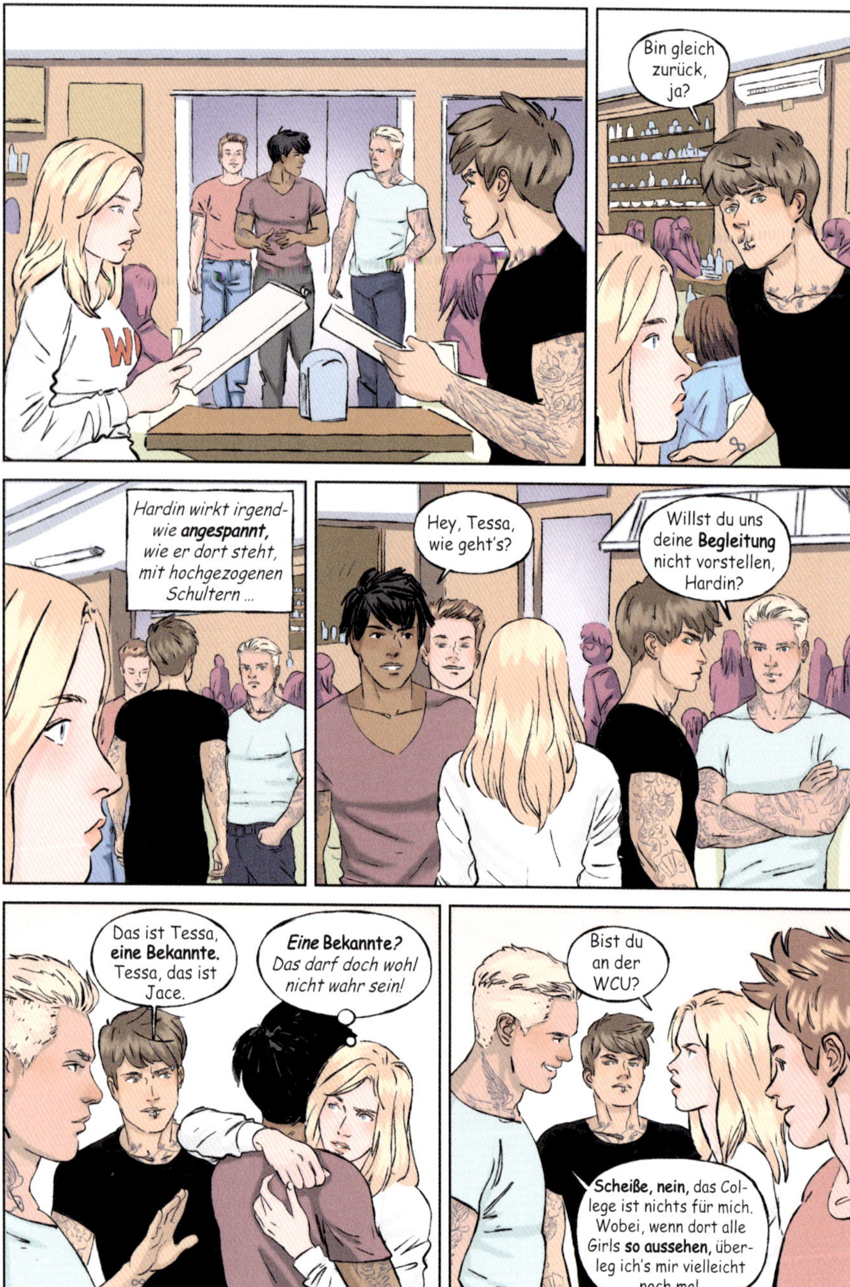
Bin gleich zurück, ja?
Hardin wirkt irgendwie angespannt, wie er dort steht, mit hochgezogenen Schultern …
Hey, Tessa, wie geht's?
Willst du uns deine Begleitung nicht vorstellen, Hardin?
Das ist Tessa, eine Bekannte. Tessa, das ist Jace.
Eine Bekannte? Das darf doch wohl nicht wahr sein!
Bist du an der WCU?
Scheiße, nein, das College ist nichts für mich. Wobei, wenn dort alle Girls so aussehen, überleg ich's mir vielleicht noch mal.

Wir sind heute Abend an den Docks. Ihr zwei solltet auch kommen.
Geht nicht. Vielleicht nächstes Mal.
Wieso nicht?
Sie muss morgen arbeiten. Vielleicht schau ich später vorbei, allein.
Tja, dann bis später.
Was ist denn?
Schämst du dich für mich, oder was?
Du willst mit mir zusammenziehen, aber ich darf nicht mitkommen zu den Docks! Wieso nennst mich eine »Bekannte«? Ich bin nicht dein schmutziges Geheimnis!
Fahr mich nach Hause.

Fertig mit dem hysterischen Anfall? Das mit der Bekannten ist mir so rausgerutscht. War nicht so gemeint. Ich war bloß überrumpelt.
Wenn du dich nicht für mich schämst, dann nimm mich heut Abend mit.
Vergiss es. Das ist nichts für dich. Da sind nur Kiffer und Assis. Und Jace ist ein Wichser.
Wieso hast du nichts gesagt, als er mich angemacht hat? Hast du Angst vor ihm?
Nein, ich will ihn nur nicht provozieren. Er liebt Spiele, und ich möchte verhindern, dass er seine Spielchen mit dir treibt.
PARKEN NUR MIT GENEHMIGUNG
Tja, wie gut, dass wir nur »Bekannte« sind.
Es tut mir leid, okay? Ich wollte dich nicht verletzen.

Liebst du mich trotzdem noch?
Er wirkt so verunsichert und verwundbar ... Seufz. Wie soll ich ihm ernsthaft böse sein, wenn er mich so besorgt ansieht?
Betrachtest du mich als deine Freundin?
Ja. Ich finde nur diese kindische Kategorisierung ein bisschen albern. Du bist für mich mehr als das.
Du bist die einzige Konstante in meinem Leben. Ich weiß nicht, was ich tun würde, wenn du mich verlässt.
Ich verlasse dich nicht, wenn du mir keinen Grund lieferst.
Das werde ich nicht. Du tust mir gut.
Die Vorstellung, ihn zu verlassen, ist unerträglich. Ich würde daran zerbrechen. Selbst wenn wir uns jeden Tag streiten, ich liebe ihn.
Ich würde gern mit dir verreisen. Nach England, wo ich aufgewachsen bin, zu meiner Mum und dem Rest meiner Familie.
Merkwürdig.
Erst nennt er mich »eine Bekannte«, dann will er mit mir nach England, damit ich seine Mom kennenlerne?

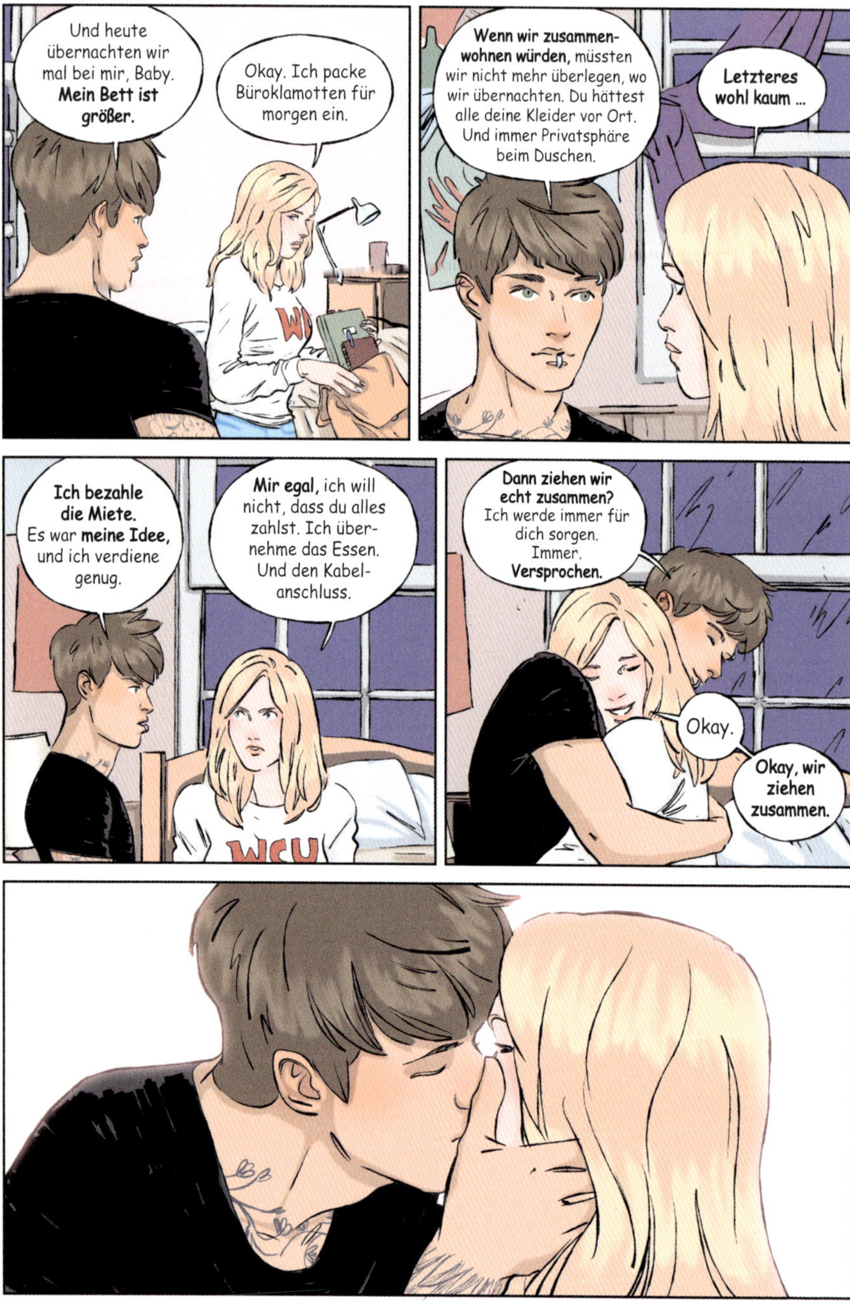
Und heute übernachten wir mal bei mir, Baby. **Mein Bett ist größer.**
Okay. Ich packe Büroklamotten für morgen ein.
Wenn wir zusammenwohnen würden, müssten wir nicht mehr überlegen, wo wir übernachten. Du hättest alle deine Kleider vor Ort. Und immer Privatsphäre beim Duschen.
Letzteres wohl kaum …
Ich bezahle die Miete. Es war **meine Idee,** und ich verdiene genug.
Mir egal, ich will nicht, dass du alles zahlst. Ich übernehme das Essen. Und den Kabelanschluss.
Dann ziehen wir echt zusammen? Ich werde immer für dich sorgen. Immer. **Versprochen.**
Okay.
Okay, wir ziehen zusammen.

Hardin und ich in einer **gemeinsamen** Wohnung? Ich habe ein **mulmiges Gefühl,** aber meine Freude überwiegt.
Mist, ich wusste nicht, dass heute eine Party steigt. **Scheiße, Mann, es ist Dienstag.**
Egal. Wir gehen direkt zu dir rauf.
Ach, sieh mal an … Ihr habt übrigens nichts verpasst. **Die Bullen** haben unsere Party aufgelöst, jetzt feiern wir hier weiter.
Ihr solltet auf ein paar Drinks mit runterkommen.
Sie trinkt nicht.
Ihr kommt trotzdem mit. **Ich bestehe darauf.**
Okay, aber wir … äh … … bringen erst ihre Tasche rauf.

Ich will da nicht runter. Warum hast du nicht einfach Nein gesagt?
Zu Jace sagt keiner **Nein.**
Hat er **irgendetwas** gegen dich in der Hand oder so?
Was? **Nein. Er ist bloß ein Wichser,** und ich will keinen Stress. Erst recht nicht, wenn du dabei bist. Ich geh jetzt runter, sonst kommt er rauf.
Bin bald wieder da. Schließ ab und **lass niemanden rein.** Ich hab einen Schlüssel.
Du tust ja so, als wollte mich jemand **umbringen.**
Ich verdrehe die Augen, schließe aber die Tür ab. Ich habe keine Lust auf Besuch von Betrunkenen, die ein Zimmer zum Rummachen suchen.
*Warum ist Hardin von diesem widerlichen Typ so eingeschüchtert? Ob Molly wohl unten ist? Und ob sie wieder **Wahrheit oder Pflicht** spielen?*
*Ich sollte hierbleiben, aber meine Eifersucht macht mich **irre.***
Ich halt das nicht mehr aus.

WCU
Ach, hallo! Hardin sagte, dir ist übel. **Der immer mit seinen Lügen.**
So war's auch, aber jetzt geht's mir besser.
So schnell? Komm mit in den Garten, ich stelle dir ein paar Freunde von mir vor. **Hardin ist sicher auch draußen.**
Sieh mal, wen ich drin aufgelesen hab, **mutterseelen-allein.**
So, so.

Was suchst du hier unten?
Ich ... äh ... Na ja, ich dachte, **Molly** ist ...
Das ist nicht dein Ernst!
Wo willst du hin, Scott?
Nach oben.
Ihr bleibt schön hier. Jetzt wird gespielt.
Aber bitte **nicht** Wahrheit oder Pflicht.
Ganz schön forsch. Gefällt mir.
Keine Sorge, wir spielen **was anderes.** Bei dem Spiel wird mit dem Mund eine Karte weitergegeben. Wer sie fallenlässt, **muss den Nebenmann küssen.**

Tessa, du setzt dich neben Dan.
Sie wollen Hardin provozieren.
Das gefällt mir nicht ... **Hilfe, gleich bin ich dran!**
WCU
War ja klar.

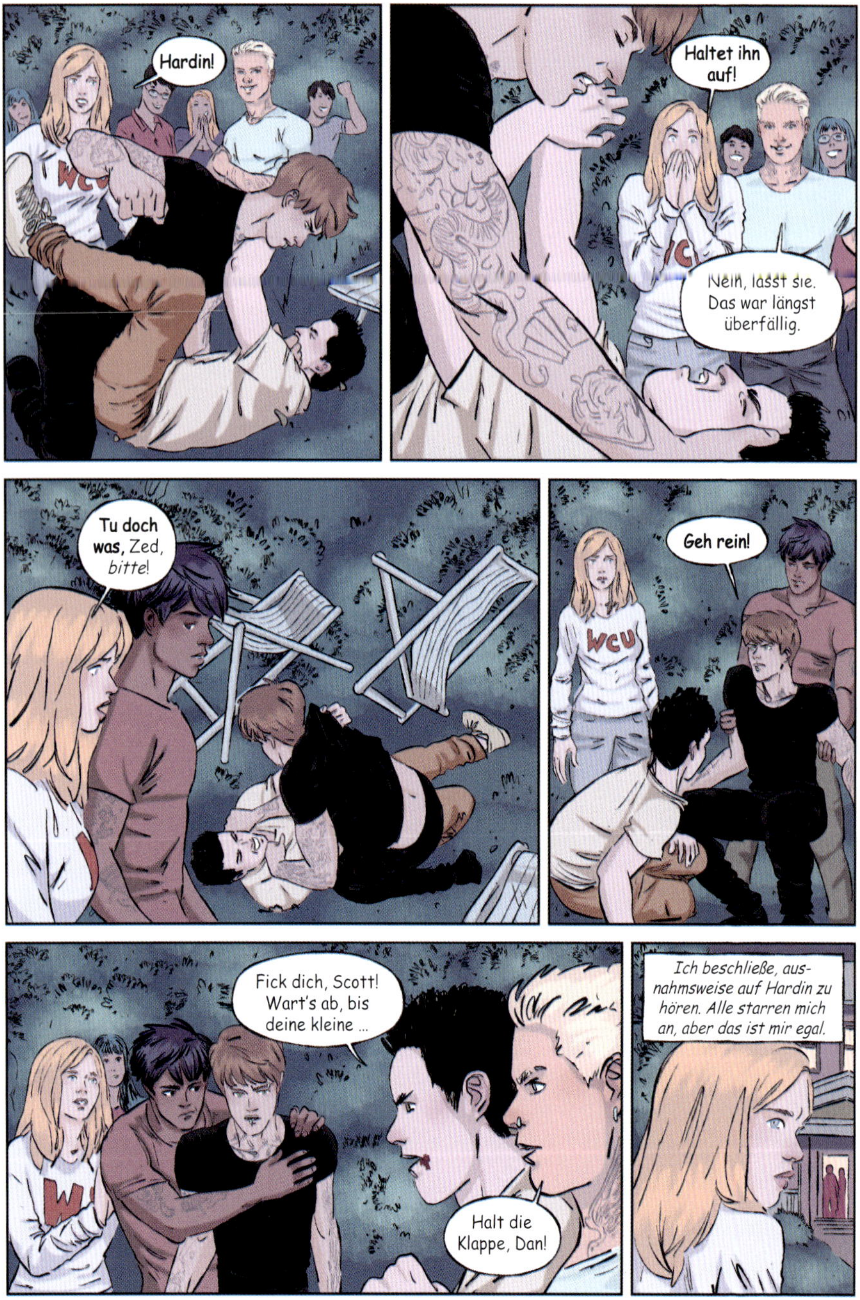
Hardin!
Haltet ihn auf!
Nein, lasst sie. Das war längst überfällig.
Tu doch was, Zed, bitte!
Geh rein!
Fick dich, Scott! Wart's ab, bis deine kleine …
Halt die Klappe, Dan!
Ich beschließe, ausnahmsweise auf Hardin zu hören. Alle starren mich an, aber das ist mir egal.

Könntest du bitte etwas **sagen?**
Glaub mir, Tessa, du willst nicht, dass ich jetzt etwas sage.
Doch! **Ich will wissen,** was da unten los war! **Los, rede mit mir!**
Verdammt, Tessa! Du musst es immer auf die Spitze treiben! Ich hab doch gesagt, du sollst hierbleiben! **Aber du hörst ja nicht auf mich!** Das sind echt üble Typen!
Und alles nur wegen deiner **krankhaften Eifersucht.**
Krankhaft? **Ich find's eben nicht gerade prickelnd, dass du mit Molly geschlafen hast.**
WCU
Ich sag's nur ungern, aber wenn du ein Problem mit jeder hast, mit der ich geschlafen habe, solltest du wohl die **Uni wechseln.**
Du weißt genau, dass mich das verletzt. Kein Grund, **so fies zu sein,** nur weil du sauer bist.
Geh einfach.

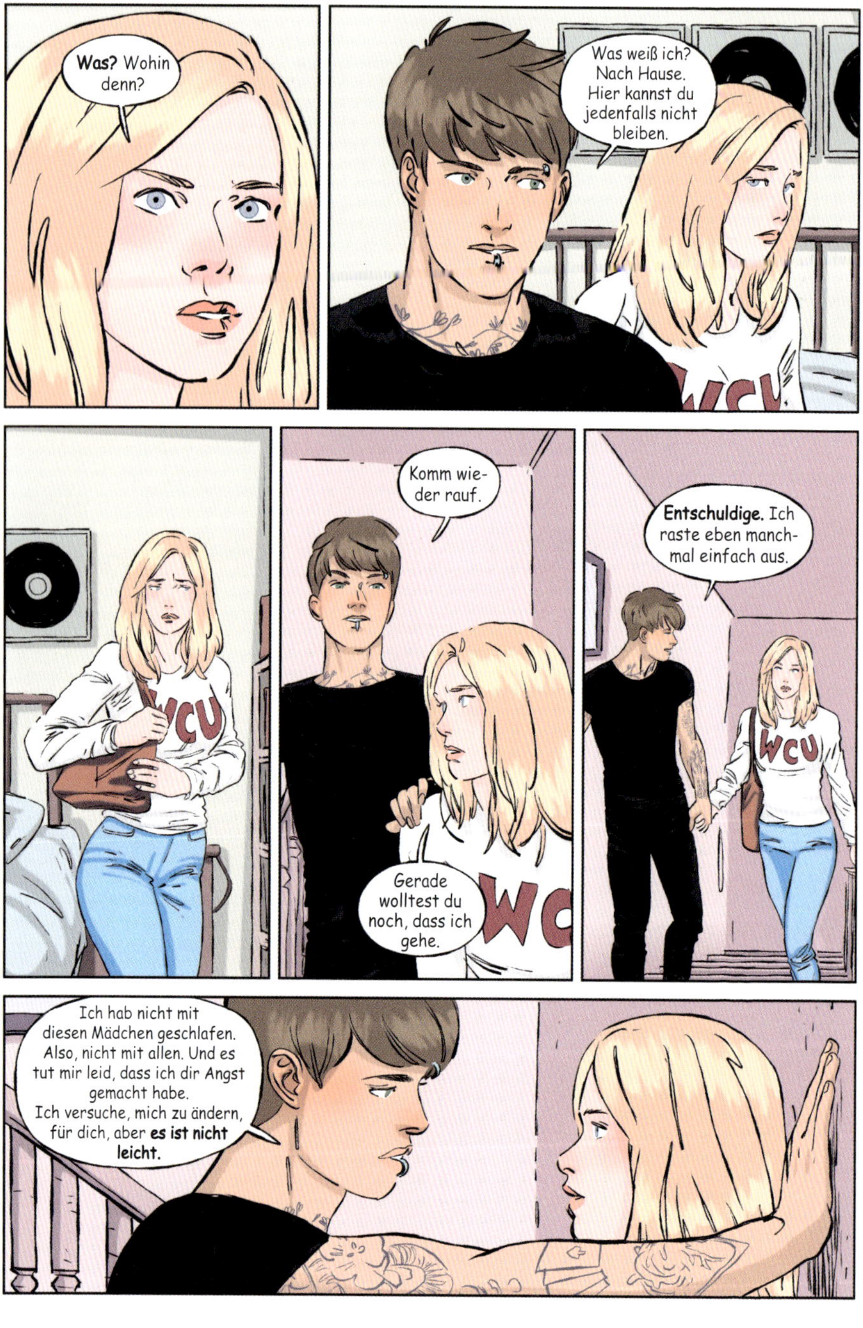
Was? Wohin denn?
Was weiß ich? Nach Hause. Hier kannst du jedenfalls nicht bleiben.
Komm wieder rauf.
Gerade wolltest du noch, dass ich gehe.
Entschuldige. Ich raste eben manchmal einfach aus.
Ich hab nicht mit diesen Mädchen geschlafen. Also, nicht mit allen. Und es tut mir leid, dass ich dir Angst gemacht habe. Ich versuche, mich zu ändern, für dich, aber **es ist nicht leicht.**

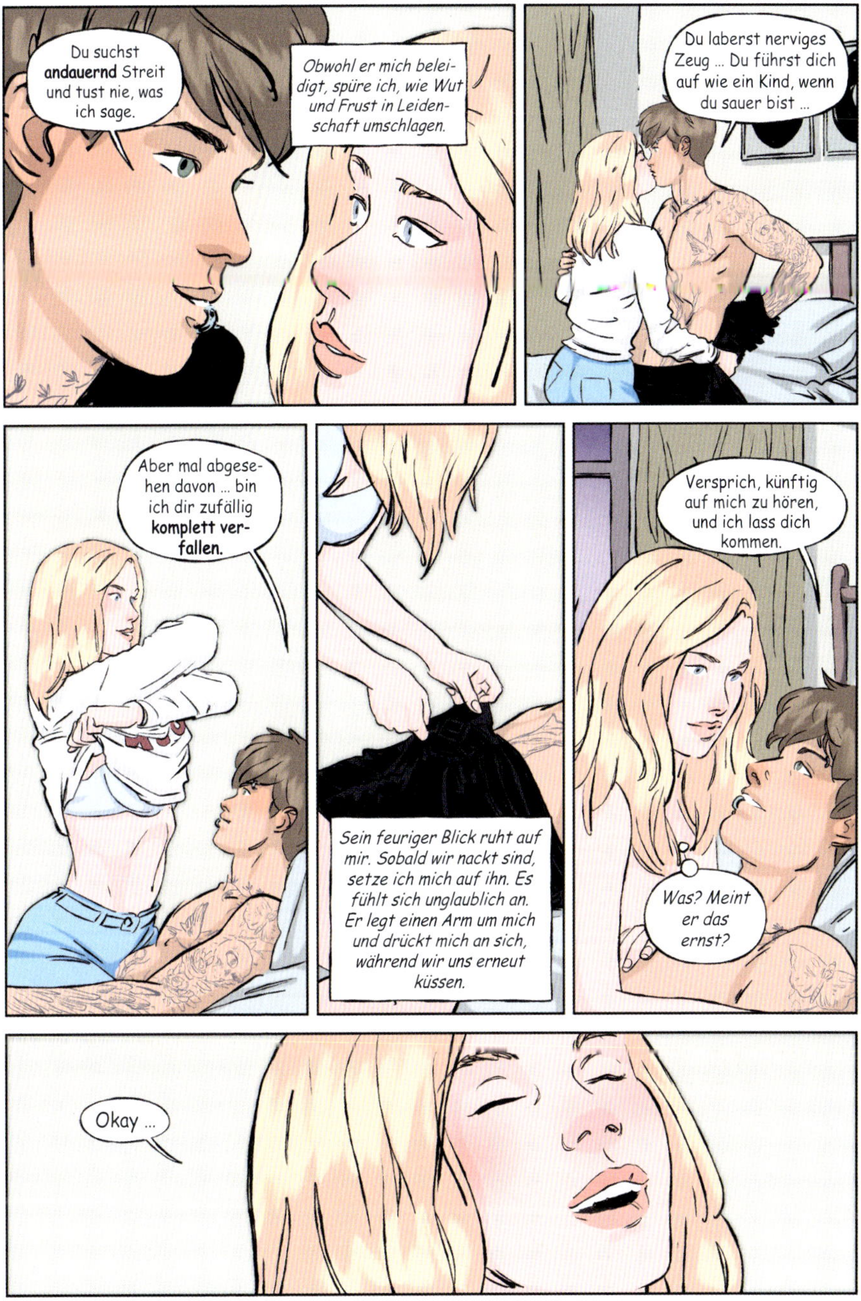
Du suchst **andauernd** Streit und tust nie, was ich sage.
Obwohl er mich beleidigt, spüre ich, wie Wut und Frust in Leidenschaft umschlagen.
Du laberst nerviges Zeug ... Du führst dich auf wie ein Kind, wenn du sauer bist ...
Aber mal abgesehen davon ... bin ich dir zufällig **komplett verfallen.**
Sein feuriger Blick ruht auf mir. Sobald wir nackt sind, setze ich mich auf ihn. Es fühlt sich unglaublich an. Er legt einen Arm um mich und drückt mich an sich, während wir uns erneut küssen.
Versprich, künftig auf mich zu hören, und ich lass dich kommen.
Was? Meint er das ernst?
Okay ...

Entschuldige dich, dann kriegst du, was **du** willst.
Was?
Ich warte ...
Entschuldige.
Lass mich dich vögeln. Bitte.
Und mit einem Schlag ist er wieder der nette, zärtliche Hardin.
Okay.

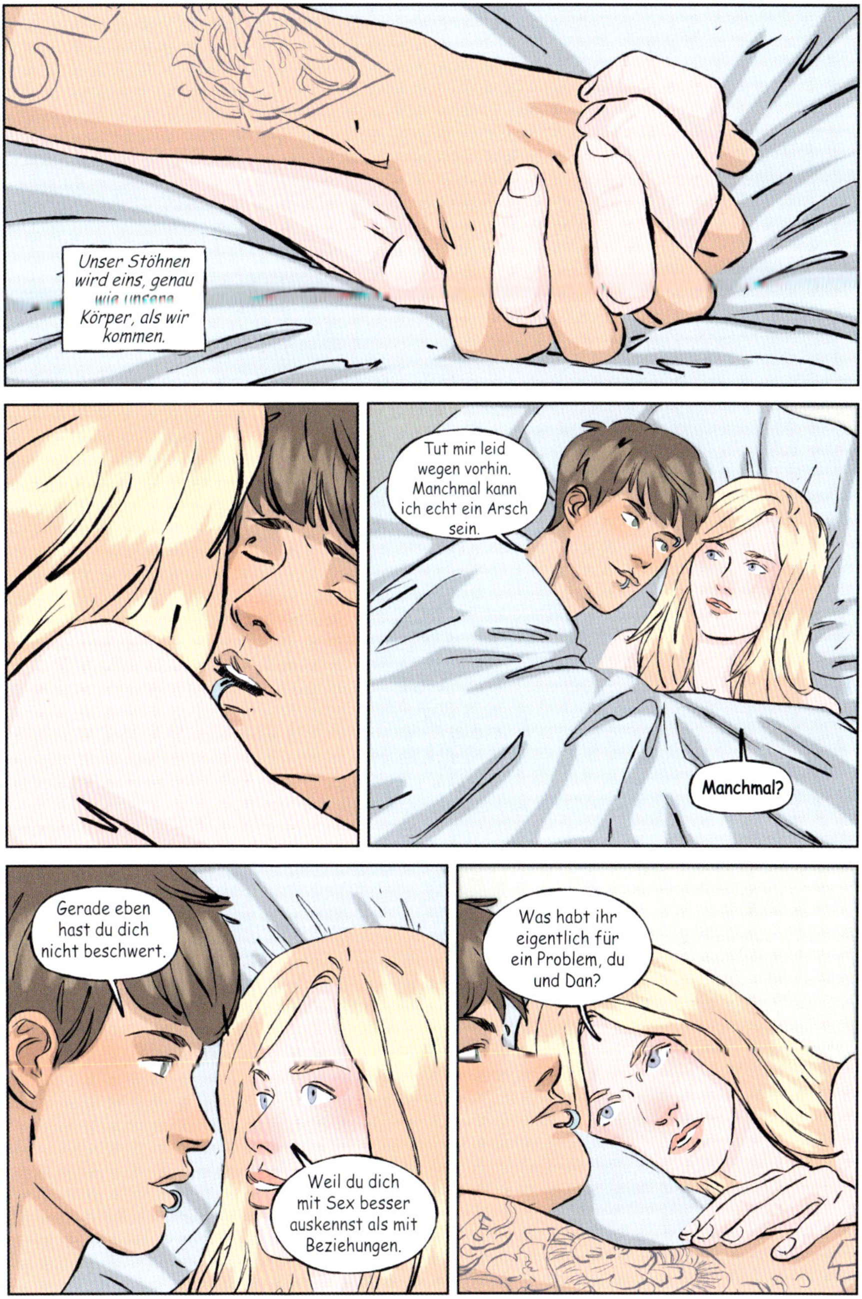
Unser Stöhnen wird eins, genau wie unsere Körper, als wir kommen.
Tut mir leid wegen vorhin. Manchmal kann ich echt ein Arsch sein.
Manchmal?
Gerade eben hast du dich nicht beschwert.
Weil du dich mit Sex besser auskennst als mit Beziehungen.
Was habt ihr eigentlich für ein Problem, du und Dan?

Was? Hat wer behauptet, Dan und ich hätten ein Problem?
Jace hat vorhin gesagt, es wäre längst überfällig gewesen. Wie meint er das?
Ach, nur eine **dumme Geschichte** im Vorjahr. Du musst dir deswegen keine Gedanken machen, **ehrlich.**
Wir treffen uns morgen, sobald du Feierabend hast, **ja?** Ich will nicht, dass uns jemand die Wohnung wegschnappt.
Okay.
Erzählst du's deiner Mutter?
Keine Ahnung. **Irgendwann sicher,** aber ich weiß schon jetzt, was sie sagen wird.
Es tut mir leid, dass es so zwischen euch geworden ist. Ich weiß, es ist **meine Schuld,** aber ich kann mich nicht von dir fernhalten.
Es ist **nicht deine Schuld.** Sie ist nur … na ja, sie ist, wie sie ist.

Pass auf mein Auto auf. Ich liebe dich.
Bis später, freu mich!. Ich werde dir das Kleid vom Leib reißen. Wir sehen uns um fünf.
Hardin hat mir seinen Wagen geliehen. Er holt nachher mein Auto vom Campus und kommt damit zur Wohnung.
Noah ... Was will er wohl?
Noah
RING RING
Hi. Ich hab gestern deine Mom getroffen.
Sie ist total sauer auf mich.
Rufst du deshalb an? Um mir zu sagen, dass Hardin ein Fehler ist?
Nein, keine Sorge. Ich wollte bloß mal hören, wie es dir so geht. Seit wir zehn waren, hatten wir noch nie so lange keinen Kontakt.
Oh ... Es tut mir so leid, Noah. Alles.
Wir sind zwar nicht mehr zusammen, aber ich bin trotzdem noch **für dich da.**
Seine Worte versetzen mir einen Stich. Noah hat eine wichtige Rolle in meinem Leben gespielt. Ich bin froh, dass er noch mit mir befreundet sein will.

Um Punkt fünf erscheine ich zur Wohnungsbesichtigung. Hardin wartet neben meinem Auto, das irgendwie anders aussieht. Neuer.
Was ist mit meinem Auto passiert?
Hab's **neu lackieren** lassen.
Danke, aber mach so was nicht mehr, okay?
Komm, wir sehen uns die Wohnung an.
Sie sind wohl Theresa?

Müsste ich die perfekte Wohnung entwerfen, dann käme das hier dabei raus. Ich muss beinahe lachen – genau so eine Wohnung habe ich mir für die Zeit nach dem College gewünscht.
Und? Gefällt sie dir?
Ja! Sie ist traumhaft. Ich hatte eher mit einer schicken, kühlen Designerwohnung gerechnet.
Dann ist es also entschieden?
Nicht zu fassen, wir tun es wirklich. Ich ignoriere die leise Stimme, die mich daran erinnert, dass es zu früh ist, dass ich zu jung bin.
RENT

Willkommen zu Hause.
Nicht zu fassen, dass wir hier wohnen werden. Irgendwie surreal.
Hätte mir vor zwei Monaten jemand gesagt, dass wir zusammen sein würden, geschweige denn zusammen wohnen, ich hätte schallend gelacht.
Keine Partys mehr, keine Mitbewohner, keine Gemeinschafts-duschen, dafür endlich ein gemeinsames Bett.
Wir sollten meine Sachen holen. Viel ist es nicht, nur ein paar Bücher und meine Kleider.
Ist alles in schon deinem Kofferraum.
Oh ... Und was ist mit deinem Zeug?
Das können wir morgen holen. Ich hab noch Klamotten im Auto.
Ich will einfach, dass es dir hier gefällt. Ich will, dass du dich zu Hause fühlst ... mit mir.

Lass uns gleich einkaufen gehen.
Darf ich dein Auto fahren?
Die Lage unserer Wohnung könnte nicht besser sein. Es gibt reichlich Geschäfte in der Nähe, Cafés und sogar einen Park.
OFFERS
Beim Einkaufen erfahre ich eine Menge über Hardin: Er hasst nicht zusammenpassende Teetassen, benutzt morgens und abends jeweils eine andere Sorte Zahncreme und wischt hundert Mal lieber den Boden, als die Spülmaschine einzuräumen.
Das Beste am Zusammenleben ist bisher, all diese Kleinigkeiten herauszufinden, die ich sonst nie erfahren hätte. Hardin geizt so sehr mit Informationen, dass ich es genieße, einiges kampflos rauszukriegen.
Ich liebe dich.
Ich liebe dich.
Noah
Schön, mit dir zu plaudern vorhin.

Noah schreibt: »Schön, mit dir zu plaudern vorhin«.
Ja, er hat neulich meine Mom getroffen und wollte wissen, wie's mir geht.
Wieso?
Es ist keine große Sache, Hardin. Ich kenne ihn schon ewig.
Kein Grund, mit ihm zu telefonieren. Jetzt glaubt er sicher, du willst zu ihm zurück.
Nein. Er weiß, dass ich mit dir zusammen bin.
Dann ruf ihn an und sag ihm, dass er sich nicht mehr melden soll.
Er hält sich für was Besseres. Ich bin nicht blöd, Tessa. Ich lasse nicht zu, dass er versucht, mir etwas zu nehmen, das mir gehört.
Sag mal, spinnst du? Ich gehöre dir nicht, und ich werde Noah ganz sicher nicht wie Dreck behandeln, hörst du?

Bleib gefälligst hier!
Ich bin nicht dein Eigentum, und ich werde den Kontakt zu Noah nicht abbrechen! Er hat weder Annäherungsversuche gestartet noch etwas Unpassendes gesagt.
Du musst mir vertrauen, Hardin.
Tut mir leid …
Ich benehme mich wie ein Höhlenmensch.
Pfff, ja, allerdings!
Ich hab unseren ersten Abend hier ruiniert.
Wieso ruiniert?
Wir werden Kompromisse eingehen müssen, aber ich lasse mir nicht den Kontakt zu jemandem verbieten, den ich schon mein halbes Leben kenne.
Immerhin finden wir allmählich Lösungen für unsere Probleme. Das ist schon mal ein Fortschritt.

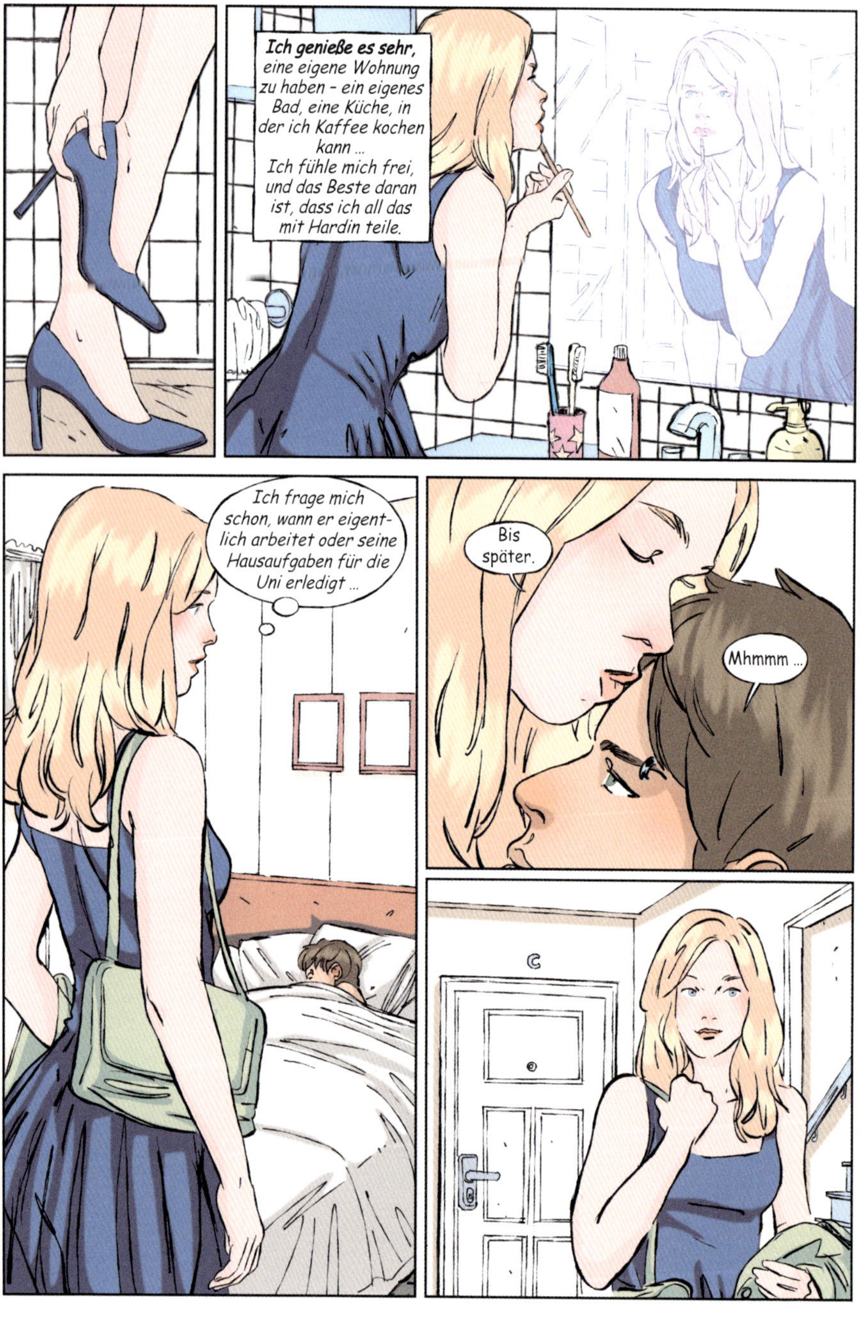
Ich genieße es sehr, eine eigene Wohnung zu haben – ein eigenes Bad, eine Küche, in der ich Kaffee kochen kann …
Ich fühle mich frei, und das Beste daran ist, dass ich all das mit Hardin teile.
Ich frage mich schon, wann er eigentlich arbeitet oder seine Hausaufgaben für die Uni erledigt …
Bis später.
Mhmmm …

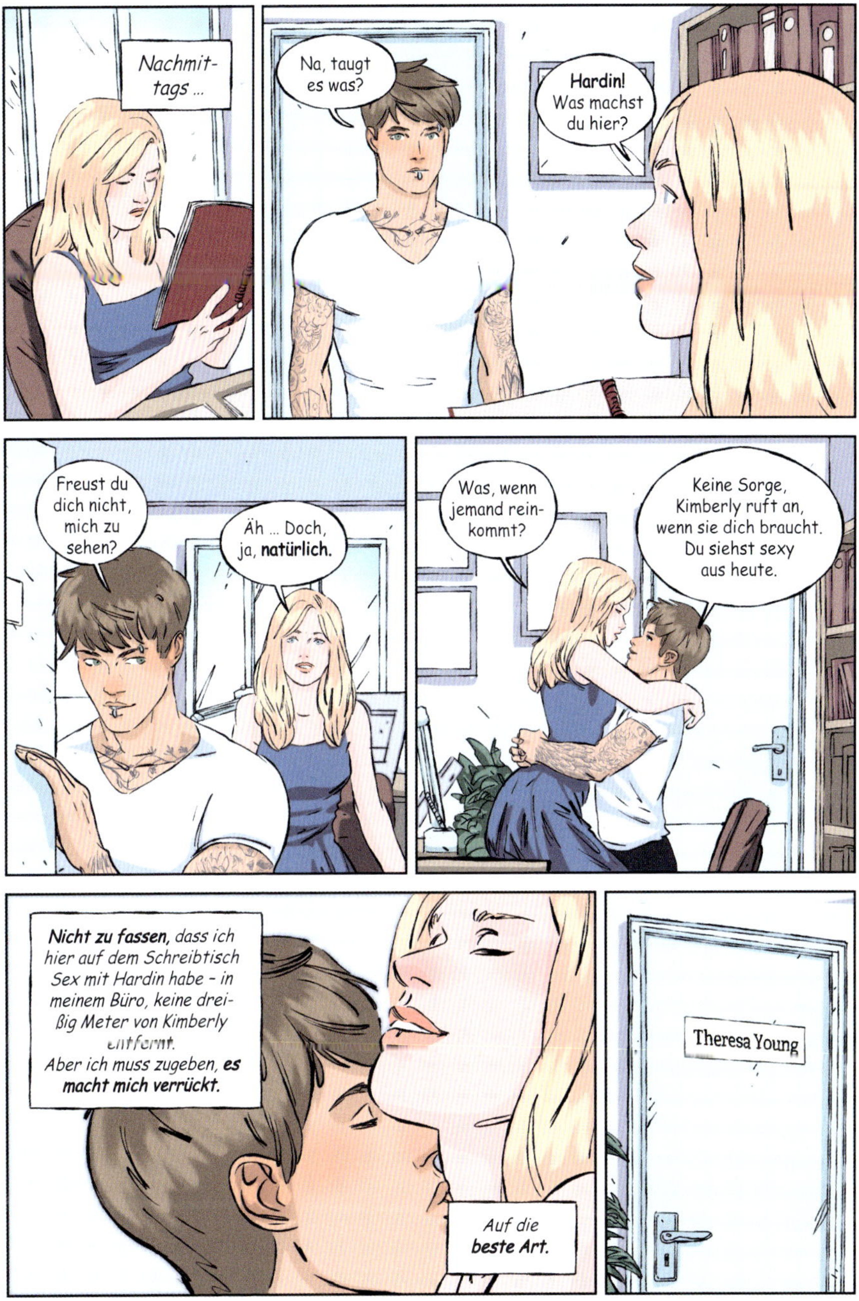
Nachmittags ...
Na, taugt es was?
Hardin! Was machst du hier?
Freust du dich nicht, mich zu sehen?
Äh ... Doch, ja, **natürlich.**
Was, wenn jemand reinkommt?
Keine Sorge, Kimberly ruft an, wenn sie dich braucht. Du siehst sexy aus heute.
Nicht zu fassen, dass ich hier auf dem Schreibtisch Sex mit Hardin habe – in meinem Büro, keine dreißig Meter von Kimberly entfernt.
Aber ich muss zugeben, **es macht mich verrückt.**
Auf die **beste Art.**
Theresa Young

Nach Feierabend ...
Da in ein paar Tagen die Hochzeit seines Vaters über die Bühne geht, müssen wir dringend shoppen. Hardin ist alles andere als begeistert, aber er gibt sich geschlagen.
Er entscheidet sich für eine schwarze Hose, dazu Sakko, Krawatte und ein weißes Hemd. Hemd und Hose probiert er gar nicht erst an. Dann bin ich an der Reihe: Er kauft er mir ein weißes Kleid und neue Schuhe.
Ich muss heute noch in die Bibliothek, was für die Arbeit erledigen. Warte nicht mit dem Essen auf mich.
Gut, ich besorge inzwischen ein paar Lebensmittel.
Nach dem Essen räume ich die Küche auf und stelle Hardins Portion in die Mikrowelle. Ich schicke ihm eine Nachricht ...
... auf die er aber nicht antwortet. Irgendwann schlafe ich vor Erschöpfung auf der Couch ein. Von Hardin keine Spur.

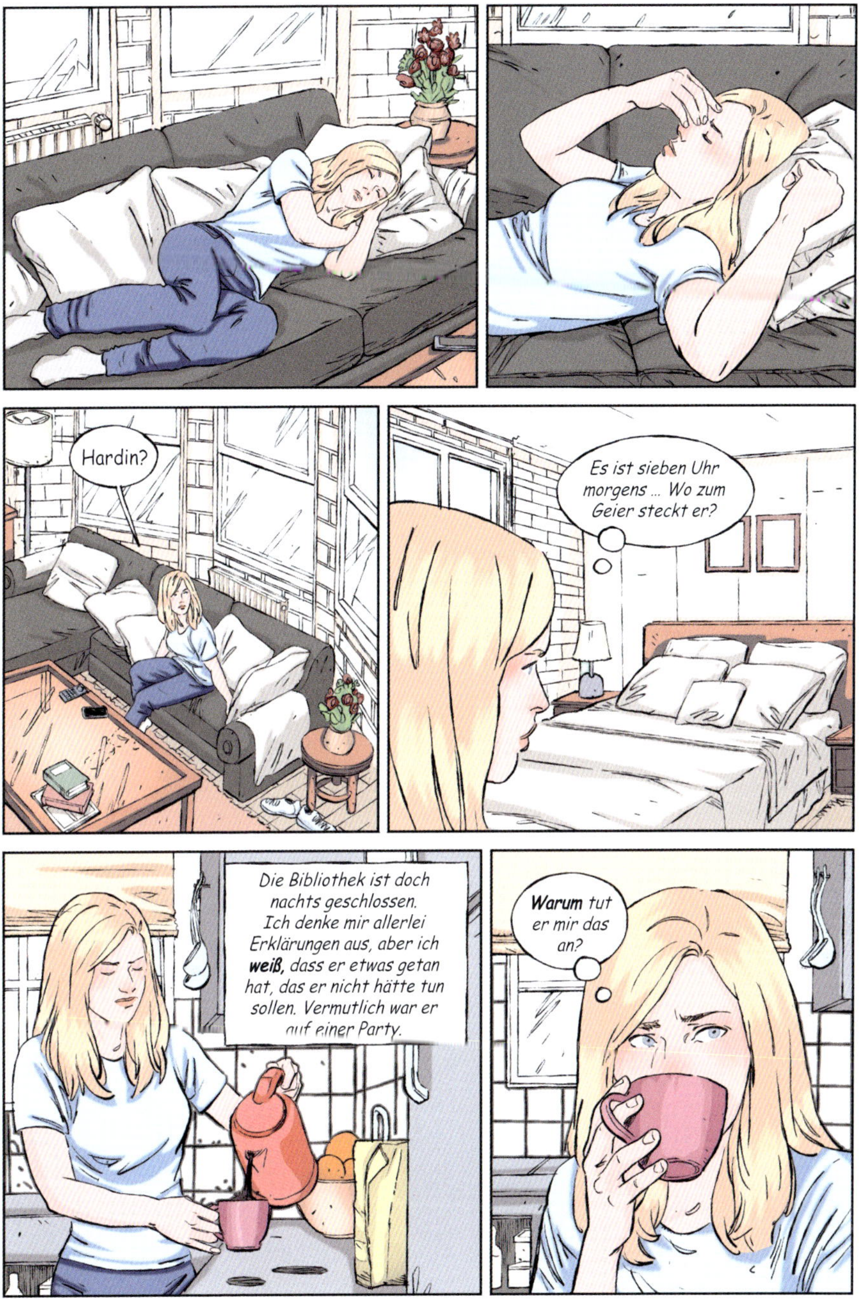

Hardin?
Es ist sieben Uhr morgens … Wo zum Geier steckt er?
Die Bibliothek ist doch nachts geschlossen. Ich denke mir allerlei Erklärungen aus, aber ich **weiß,** dass er etwas getan hat, das er nicht hätte tun sollen. Vermutlich war er auf einer Party.
Warum tut er mir das an?

Den ganzen Vormittag über bin ich wie betäubt, und meine Gedanken kreisen ständig um Hardin. Mittags gehe ich mit Kimberly essen. Die Ablenkung tut mir gut.
Na, wie läuft's denn so mit Ihrem **Bad Boy?**
Tja, das weiß ich ehrlich gesagt gerade nicht so genau.
Gestern war eigentlich noch alles **bestens,** aber abends kam er dann einfach **nicht nach Hause.** Es wäre die zweite Nacht in unserer gemeinsamen Wohnung gewesen.
Er hat nicht angerufen?
Kein Anruf, keine Nachricht.
Also, das geht gar nicht. An Ihrer Stelle würde ich ihn ordentlich zusammenstauchen. Lassen Sie ihm das bloß nicht durchgehen …
… sonst tut er es nämlich **immer wieder.**
Er kann sich glücklich schätzen, Sie zu haben, und er muss sich benehmen. Machen Sie ihm klar, dass **Sie sich so was nicht bieten lassen.**

Das bestärkt mich darin, dass es okay ist, wütend auf Hardin zu sein. **Kimberly hat recht,** ich muss ihn ordentlich zusammenstauchen.
Okay, und wie?
Machen Sie ihn zur Schnecke, sobald er zur Tür reinkommt. Sie verdienen es, mit **Respekt** behandelt zu werden. Wenn er das nicht kapiert, **müssen Sie ihn vor die Tür setzen.**
Das sagt sich so einfach ...
Es ist alles andere als das!
Dann berichtet Kimberly von ihren diversen **gescheiterten Beziehungen** und unterhält mich mit allerlei Anekdoten aus ihrer Studentenzeit ... ... **die so lustig sind,** dass mir vor Lachen die Tränen kommen. Allmählich bessert sich meine Laune.
Doch als ich nach Hause komme, ist Hardin noch immer nicht da.

RUMMS!
Wo zum Teufel warst du?
Schön, dich zu sehen.
Bist du betrunken?
Kann sein.
Du verschwindest eineinhalb Tage ohne dich zu melden, und dann schneist du besoffen hier rein und machst dich über mich lustig?
Schrei nicht so. Mir brummt der Schädel.
Los, komm her und lass dich verwöhnen.
Soll das ein Witz sein?
Im Ernst. Du kannst nicht die ganze Nacht wegbleiben, ohne mir eine Erklärung zu liefern!
Mach dich doch mal locker, Mann! Du bist nicht meine Mutter. Und jetzt hör auf zu meckern und komm her.
Raus!
Wie bitte?

Du hast schon verstanden. Ich bin nicht so eine, die die ganze Nacht zu Hause sitzt und auf ihren **Freund** wartet. Also, **erzähl mir, was los war, oder scher dich hier raus.**
Ich bezahle die Miete, schon vergessen? Wenn hier also jemand geht, dann doch wohl du.
Sag mal, hast du dich wieder geprügelt? **Kommst du deshalb erst jetzt?**
Spielt das eine Rolle? Du nervst, ey.
***Ich* nerve?** Was hast du **erwartet,** wenn du eineinhalb Tage spurlos verschwindest?
Ich war heute den ganzen Tag total **unkonzentriert!** Ich verliere noch meinen Job wegen dir!
Den Job, den du **meinem Vater** verdankst, meinst du?
Du bist unglaublich.
Wenn du nicht sofort aufhörst mit dem Scheiß, bist du mich los.
*Ich würde zu gern fragen, wo er war, mit wem, warum er sich geprügelt hat, aber ich **beherrsche mich.** Das wird ihm mehr zu schaffen machen.*
Allerdings nicht halb so viel, wie es mir zu schaffen macht, dass er mich so in der Hand hat.

Nicht!
Nein! **Auf-**
hören!
Wach auf,
Hardin.
Ganz ruhig ...
Es war nur
ein Traum,
okay?
Bitte ...
bleib bei
mir.
Danke.

Ich bin total **übermüdet** und frustriert wegen Hardins unmöglichem Benehmen. Gestern Nacht habe ich es nicht über mich gebracht, ihn im Stich zu lassen, aber heute werde ich **ihm die kalte Schulter zeigen.**
Du siehst toll aus heute.
Ah, du **redest nicht mit mir?**
Jetzt nicht. Mir fehlt die Kraft dafür, und ich muss zur Arbeit.
Tessa, es ist … kompliziert.
Ich hab dir vertraut. Ich bin mit dir zusammengezogen, **hab mich deinetwegen mit Mom verkracht …**
… und ich will eine Erklärung. Für die Geheimnisse, die Prügeleien, deine Albträume. **Sonst war's das mit uns.**
Du musst mir auch vertrauen und mir erzählen, **was los ist.**
Du wirst es nicht verstehen. **Wetten?**
Dann kann ich nicht mit dir zusammen sein. Ich habe so oft nachgegeben, aber du … Egal, **ich muss los.** Ich bin viel zu spät dran.

Es tut mir leid. Bitte komm nach der Arbeit nach Hause.
Bitte antworte, Tessa. Ich liebe dich.
Ist er das?
Ich hab ihm die Meinung gesagt, und jetzt fühle ich mich **mies,** obwohl ich im Recht bin. Er war … ein Häufchen Elend.
Gut. Hoffentlich lernt er daraus. Hat er gesagt, wo er war?
Nein, das ist es ja.
*Warum fällt es mir so **schwer,** stark zu bleiben?*
Es tut mir leid. Bitte komm nach der Arbeit nach Hause.
Bitte antworte, Tessa. Ich liebe dich.
Gut, bis später.

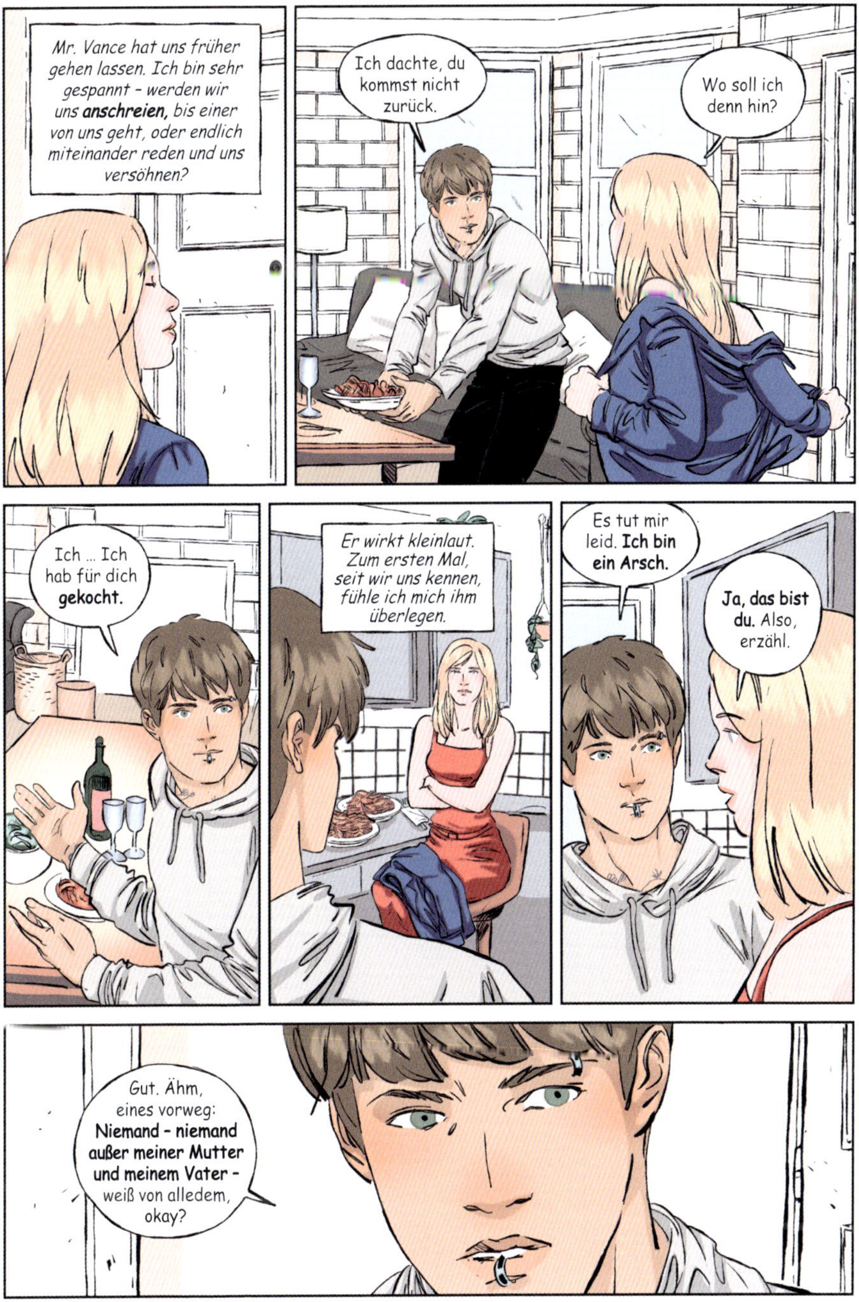
Mr. Vance hat uns früher gehen lassen. Ich bin sehr gespannt - werden wir uns **anschreien,** bis einer von uns geht, oder endlich miteinander reden und uns versöhnen?
Ich dachte, du kommst nicht zurück.
Wo soll ich denn hin?
Ich ... Ich hab für dich **gekocht.**
Er wirkt kleinlaut. Zum ersten Mal, seit wir uns kennen, fühle ich mich ihm überlegen.
Es tut mir leid. **Ich bin ein Arsch.**
Ja, das bist du. Also, erzähl.
Gut. Ähm, eines vorweg: **Niemand - niemand außer meiner Mutter und meinem Vater -** weiß von alledem, okay?

Eines Abends, ich war ungefähr sieben, war **mein Vater** mal wieder in der Bar direkt gegenüber von unserem Haus. Da war er fast **jeden Abend.** Alle kannten ihn.
Er hat sich mit einigen Soldaten **angelegt,** die genauso besoffen waren wie er. Bevor er gegangen ist, hat er einem von denen eine Bierflasche an den Kopf **geworfen.**
Er hat ihm die Nase gebrochen, und die Soldaten sind zu uns rübergekommen, wohl, um sich zu rächen. Sie wussten ja, dass er gleich gegenüber wohnte.
Allerdings war mein Vater gar nicht nach Hause gegangen. Meine Mum hatte unten auf ihn gewartet und war auf der Couch eingeschlafen …
*Ich hab **ihre Schreie gehört** und bin runtergelaufen, um ihr zu helfen. Ihr Nachthemd war zerrissen. »Geh wieder rauf!«, hat sie immer wieder geschrien.*
*Aber ich **konnte einfach nicht,** verstehst du?*
Meine Versuche, sie zu beschützen, waren sinnlos.
Irgendwann kam mein Vater nach Hause, **stockbesoffen.**

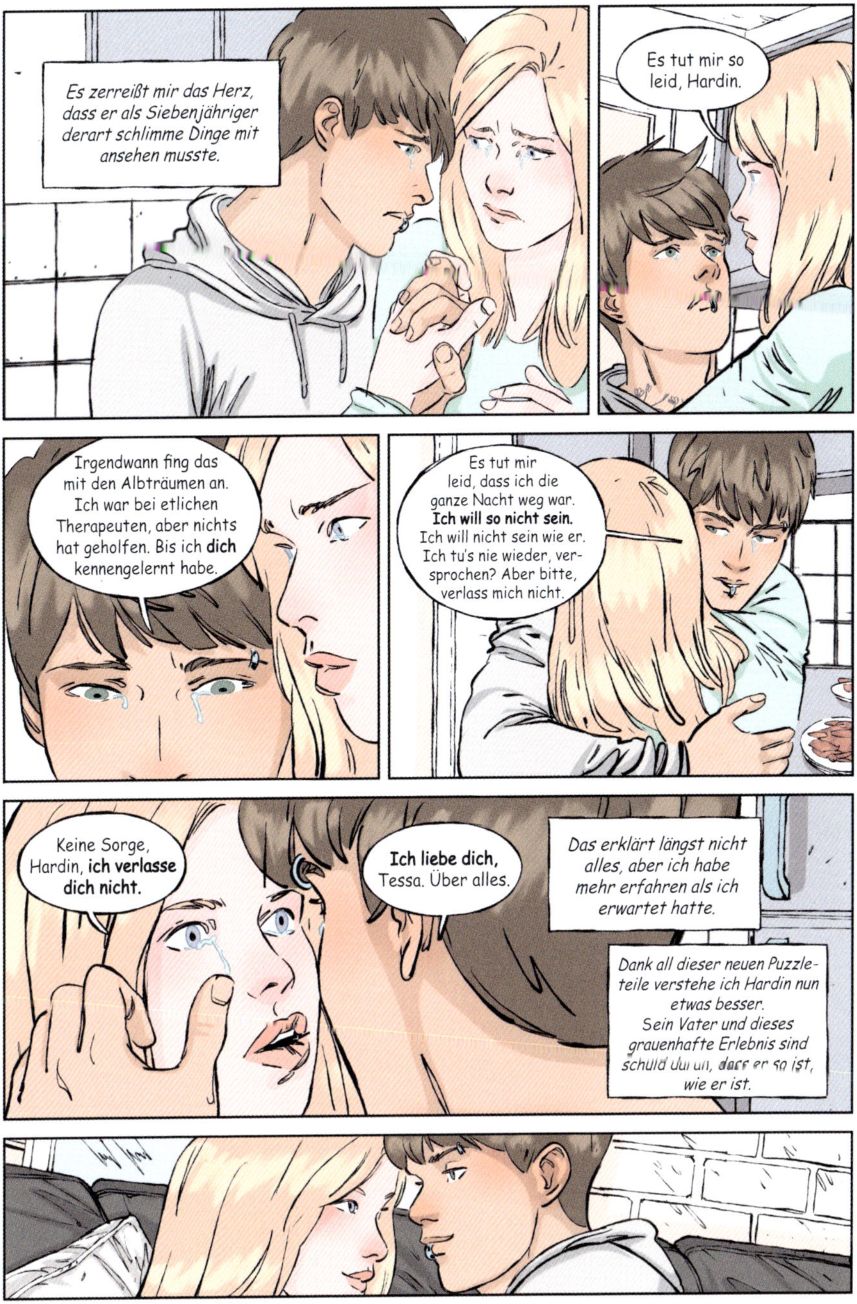
Es zerreißt mir das Herz, dass er als Siebenjähriger derart schlimme Dinge mit ansehen musste.
Es tut mir so leid, Hardin.
Irgendwann fing das mit den Albträumen an. Ich war bei etlichen Therapeuten, aber nichts hat geholfen. Bis ich **dich** kennengelernt habe.
Es tut mir leid, dass ich die ganze Nacht weg war. **Ich will so nicht sein.** Ich will nicht sein wie er. Ich tu's nie wieder, versprochen? Aber bitte, verlass mich nicht.
Keine Sorge, Hardin, **ich verlasse dich nicht.**
Ich liebe dich, Tessa. Über alles.
Das erklärt längst nicht alles, aber ich habe mehr erfahren als ich erwartet hatte.
Dank all dieser neuen Puzzleteile verstehe ich Hardin nun etwas besser. Sein Vater und dieses grauenhafte Erlebnis sind schuld daran, dass er so ist, wie er ist.

Den Kabel-anschluss wollte doch ich über-nehmen.
Du kannst mir ja das Geld geben.
Ich will nicht, dass du alles bezahlst. Ich möchte mich auch beteiligen.
Ja, schon gut, Baby!
Was will er?
Noah
Keine Ahnung, aber ich glaube, ich sollte rangehen.
Noah? Was gibt's?
Entschuldige die Störung an einem Freitagabend, aber die Wohnheimverwaltung hat **deine Mom** kontaktiert, weil deine Abschlussrechnung beglichen wurde. Sie **weiß** jetzt, dass du ausgezogen bist.
Ich hab wahrheits-gemäß gesagt, ich habe **keine Ahnung,** wo du jetzt wohnst, aber sie glaubt mir nicht und hat sich auf den Weg gemacht ...
Ernst-haft jetzt?
Tut mir echt leid. Sie ist stinksauer. Ich wollte dich nur warnen, dass sie unterwegs ist.
Okay, danke, Noah ...

Mom ist los zum Campus ...
Sie wird dich nicht finden. **Niemand** weiß, wo wir wohnen.
Das nicht, aber sie wird ein **Riesendrama** veranstalten und Steph Löcher in den Bauch fragen. Und allen anderen, die ihr im Wohnheim über den Weg laufen.
Dann ruf sie an, gib ihr die Adresse und bitte sie, hierherzukommen.
In deinen vier Wänden hast du die Oberhand.
Wär das für dich okay?
Ich stiere eine ganze Weile das Handy an, dann atme ich tief durch.

Ich sage nicht viel, nenne ihr nur die Adresse, wo ich zu finden bin. Sie ist **kurz angebunden** und spricht sehr schnell. Ganz offensichtlich spart sie sich ihre Wut für später auf.
Soll ich hierbleiben? Oder soll ich euch eine Weile alleinlassen, damit ihr reden könnt?
Ich glaub, es wäre gut, wenn du rausgehst.
Moment mal … Die Abschlussrechnung für mein Zimmer – **hast du die etwa bezahlt?**
Ja … **und?**
Du musst echt aufhören, Geld für mich auszugeben, **Hardin!** Das ist mir unangenehm! **Bist du Drogendealer** oder ein verkappter Millionär, oder was?
Nein, ich hab nur sparsam gelebt – ich habe gearbeitet und das ganze letzte Jahr **umsonst** gewohnt, da kam einiges zusammen. Ich finde es schön, für dich Geld auszugeben, also mach keinen Aufstand, ja?
Ich bin gleich nebenan. **Ich liebe dich.**
POCH, POCH!

Was hast du dir dabei gedacht, aus dem Heim auszuziehen, ohne mich zu informieren?
Na ja, ich hatte keine andere Wahl.
Wie bitte? Keine andere Wahl? Inwiefern?
Du hast gesagt, du **unterstützt mich nicht mehr!**
Du *hattest* eine **Wahl,** aber du hast dich **falsch** entschieden. **Sieh dich nur an!** Wo ist die Tessa, die ich damals zum College gefahren hab?
Du widersetzt dich mir, du schreist mich an … Ich hab mich für dich aufgeopfert, und du …
… du wirfst alles weg! Und schminkst du dich etwa neuerdings? **Wer bist du?**
Es ist nicht nur seine Wohnung, sondern auch **meine.**

Was hast du gesagt?
Du hast richtig gehört. Wir leben **beide** hier, zusammen.
Das kann **unmöglich** sein. So was kannst du dir doch gar nicht leisten!
Ich wusste, es war dumm von dir, dich mit diesem ... Punk einzulassen, **den du gar nicht kennst!**
Ich kenne ihn besser als sonst irgendjemanden! Und weißt du, wer sein Vater ist? **Der Rektor der WCU,** verdammt noch mal! Na, zufrieden?
Ach, sieh an, da ist ja der Mann der Stunde. Der Sohn des Rektors? So ein Unsinn.
Du verdienst es gar nicht, Hardin kennenzulernen. Er war für mich da, wie du es **nie** warst, und es gibt nichts – absolut nichts –, womit du mich von ihm fernhalten kannst!
Untersteh dich, so mit mir zu reden! Du glaubst wohl, du bist jetzt eine Frau, nur weil du eine schicke Wohnung hast und Eyeliner trägst. Tja, tut mir leid, Schatz, aber du siehst aus wie eine **Hure!**
Noah hat so gut zu dir gepasst, und du hast ihn abserviert – **für den da!** Sieh ihn dir an, und dann schau mal in den Spiegel, ja? Ihr seht **lächerlich** aus zusammen.

Er liebt dich nicht, Tessa! Er wird nur so lange bei dir bleiben, bis du ihn an die Wäsche lässt. Wach auf, Kleines!
Er *ist* mir bereits an die Wäsche gegangen, und stell dir vor ... er ist noch immer da!
Außerdem bin ich erwachsen, Mutter. Du kannst nicht mehr einfach so über mich bestimmen, wie du das gern bei meinem Vater getan hättest.
KLATSCH!
Sie verlassen jetzt auf der Stelle unsere Wohnung, sonst rufe ich die Polizei. Ich gebe Ihnen fünf Sekunden.
Ich hoffe, du wirst deine Entscheidung nicht bereuen, Theresa.

Tags darauf **verdränge** ich die schmerzhafte Erinnerung an die dramatischen Szenen mit meiner Mutter und konzentriere mich ganz auf die bevorstehende Hochzeit.
Lächeln!
Hardin **besteht darauf,** unterwegs noch rasch zu tanken, damit er das nicht nachher auf dem Heimweg machen muss. Ich vermute mal, er will nicht allzu lange bleiben und sichergehen, dass er jederzeit nach Hause kann.
Du liebe Zeit!
Du hast Zed so zugerichtet, **stimmt's?** Du hast ihn verprügelt, und deshalb ignoriert er uns jetzt.
Können wir bitte *nach* der Hochzeit darüber reden? Ich bin schon angespannt genug.
Gut, **nach** der Hochzeit.

Nicht zu fassen, ich bin tatsächlich mit Hardin auf der Hochzeit seines Vaters.
Nach allem, was ich vergangene Nacht erfahren habe, ist mir mulmig bei dem Gedanken, Ken gegenüberzutreten, aber ich verdränge es.
Wow, du bist ja ein richtiger Gentleman. Wer hätte das gedacht?
Ich kann dich auch wieder ins Auto bringen, um dich zu vögeln.
Ist in diesem … Geldbeutel zufällig noch Platz für mein Handy?
Jep. Das ist eine Clutch.
12:01

Da ist Landon. Wollen wir Hi sagen?
Ich hätte im Leben nicht erwartet, dich mal im Anzug zu sehen.
Wenn du weiter darüber redest, ist dein Leben bald zu Ende.
Komm, Tessa, wir gehen schon mal raus. Wer hatte die schlaue Idee, im **Dezember** im Garten zu heiraten?
Meine Mom. Keine Sorge, die Zelte sind beheizt.
Hardin? Bist du das?
Gammy?
Du hast mir schrecklich gefehlt!
Ähm, das ist Tess ... **Tessa. Meine ... Freundin.**
Tessa, das ist meine **Grandma**, oder Gammy.

Was für eine schöne Überraschung, dass du hier bist. Oh, ich glaube, es geht los.
Ken ist die Freude darüber, dass sein Sohn in der ersten Reihe sitzt, ins Gesicht geschrieben.
*Die Trauung ist **sehr bewegend.** Mir kommen prompt die Tränen, als Ken beim Ehegelübde leise aufschluchzt. Karen ist eine **wunderschöne Braut,** und beim ersten Kuss der beiden als Mann und Frau ertönen Jubelrufe und Applaus.*
Hallo Tessa! Na, genießen Sie Ihr Wochenende?
O ja, sehr. Danke.
Kein Rindfleisch!
Frauen!
Sie sind erst ein paar Monate zusammen. Seine Frau ist vor fünf Jahren gestorben, kurz nach der Geburt. Der Kleine ist sein Sohn.

Okay, vielen Dank für das Gossip-Update, Trevor!
Reservierst du mir einen Tanz, Hardin?
Ich muss Tessa einen Drink holen.
Trinkt er noch?
Was? N-nein. Also, nur gelegentlich …
Ich freue mich sehr, dass ihr da seid!
Danke, dass ihr gekommen seid. Amüsiert ihr euch?
Ja! Eine tolle Hochzeit.
Ich wusste nicht, dass du wieder mit Ken redest.
Und wie lange bist du schon mit Tessa zusammen?
Ein paar Monate. Wir sind kürzlich zusammengezogen.
Das freut mich sehr für dich, mein Sohn. Dürfen wir mal vorbeikommen und uns die Wohnung ansehen?
Äh, klar, warum nicht?
Es ist toll, dich so glücklich zu erleben, so … ausgeglichen.

Du weißt ja gar nicht, **wie viel** du für uns getan hast.
Okay, wir müssen weiter. **Wir sehen uns später!**
Sie wirken so happy, dank dir ...
Komm mit.
*Ich bin nur **zu gern** bereit, Hardin von dem ganzen Trubel abzulenken. Das Wiedersehen mit seiner Grandma nach all den Jahren, die zweite Hochzeit seines Vaters, der bevorstehende Besuch in unserer Wohnung ...*
... das war ganz schön viel für ihn in der kurzen Zeit.

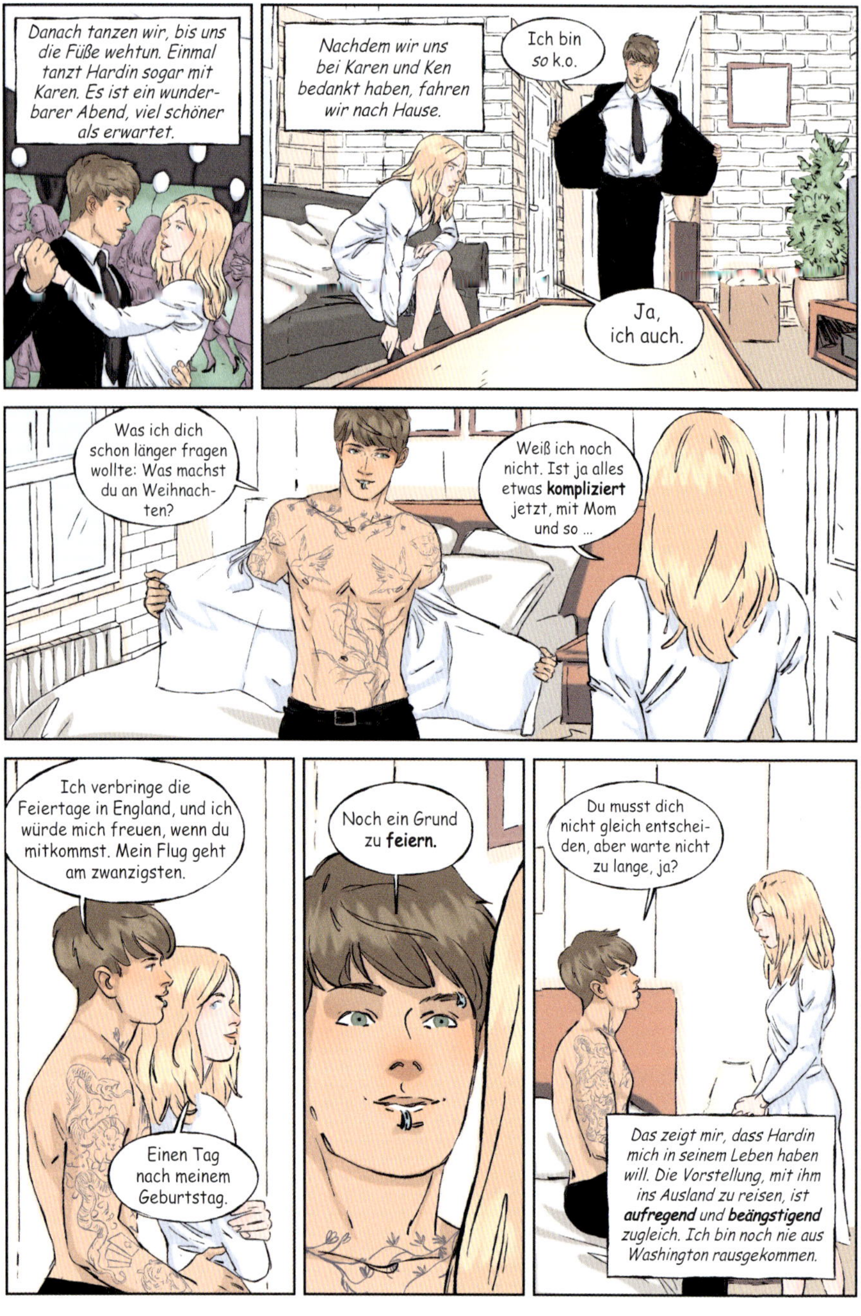

Danach tanzen wir, bis uns die Füße wehtun. Einmal tanzt Hardin sogar mit Karen. Es ist ein wunderbarer Abend, viel schöner als erwartet.
Nachdem wir uns bei Karen und Ken bedankt haben, fahren wir nach Hause.
Ich bin so k.o.
Ja, ich auch.
Was ich dich schon länger fragen wollte: Was machst du an Weihnachten?
Weiß ich noch nicht. Ist ja alles etwas **kompliziert** jetzt, mit Mom und so …
Ich verbringe die Feiertage in England, und ich würde mich freuen, wenn du mitkommst. Mein Flug geht am zwanzigsten.
Einen Tag nach meinem Geburtstag.
Noch ein Grund zu **feiern.**
Du musst dich nicht gleich entscheiden, aber warte nicht zu lange, ja?
Das zeigt mir, dass Hardin mich in seinem Leben haben will. Die Vorstellung, mit ihm ins Ausland zu reisen, ist **aufregend** und **beängstigend** zugleich. Ich bin noch nie aus Washington rausgekommen.

Ich brauche Wasser.
BZZZ
BZZZ
1:01
Jace:
Ruf zurück, Wichser!
Von Jace ... Was will er nur von Hardin?

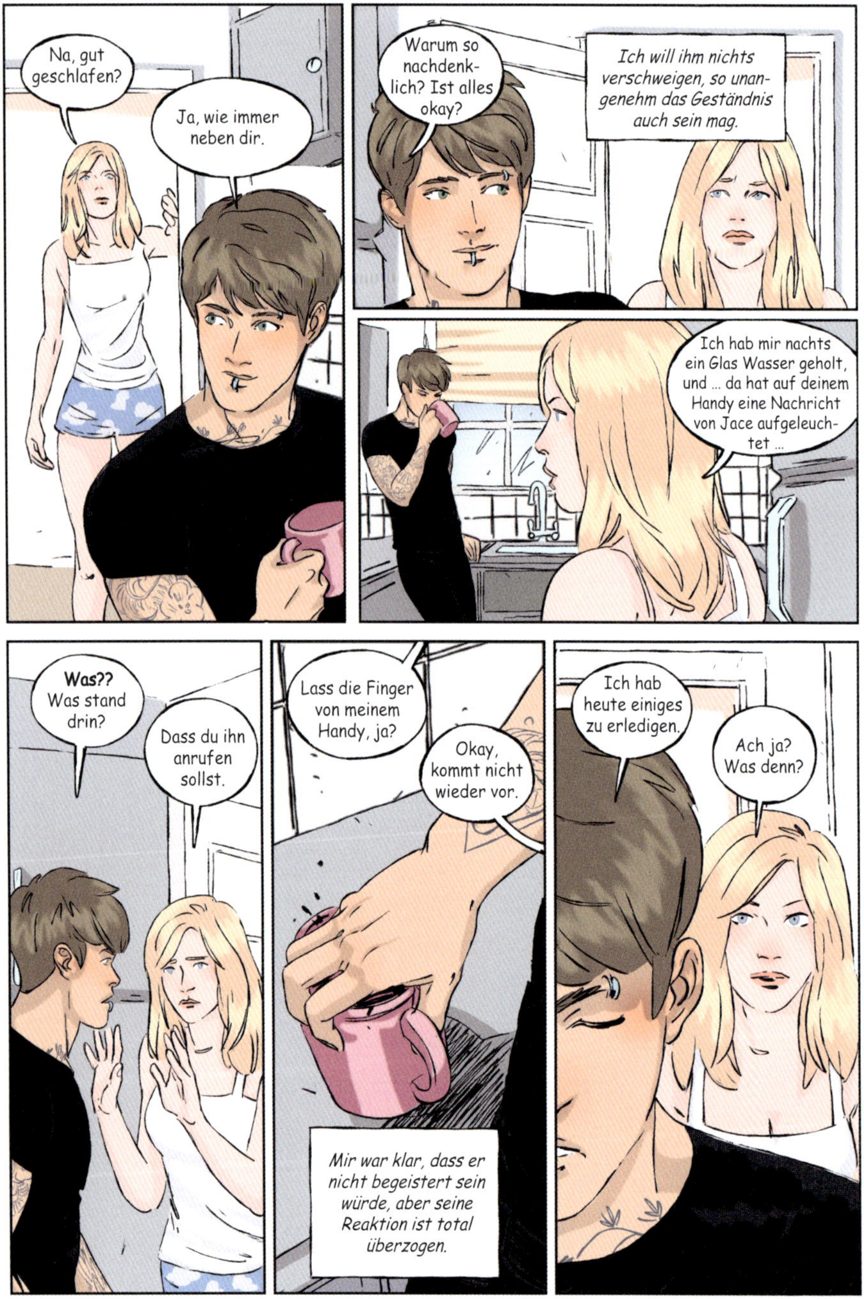
Na, gut geschlafen?
Ja, wie immer neben dir.
Warum so nachdenklich? Ist alles okay?
Ich will ihm nichts verschweigen, so unangenehm das Geständnis auch sein mag.
Ich hab mir nachts ein Glas Wasser geholt, und … da hat auf deinem Handy eine Nachricht von Jace aufgeleuchtet …
Was?? Was stand drin?
Dass du ihn anrufen sollst.
Lass die Finger von meinem Handy, ja?
Okay, kommt nicht wieder vor.
Mir war klar, dass er nicht begeistert sein würde, aber seine Reaktion ist total überzogen.
Ich hab heute einiges zu erledigen.
Ach ja? Was denn?

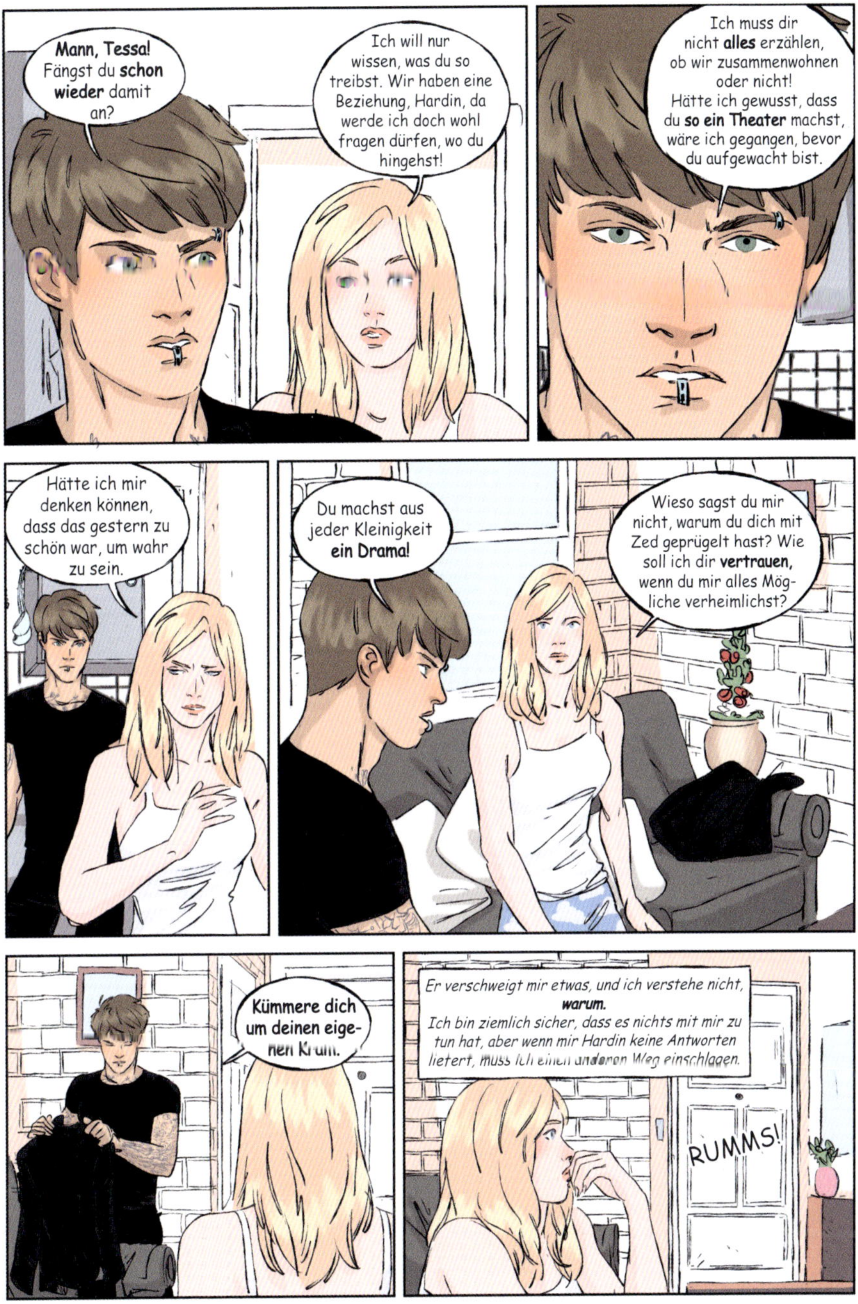
Mann, Tessa! Fängst du schon wieder damit an?
Ich will nur wissen, was du so treibst. Wir haben eine Beziehung, Hardin, da werde ich doch wohl fragen dürfen, wo du hingehst!
Ich muss dir nicht alles erzählen, ob wir zusammenwohnen oder nicht! Hätte ich gewusst, dass du so ein Theater machst, wäre ich gegangen, bevor du aufgewacht bist.
Hätte ich mir denken können, dass das gestern zu schön war, um wahr zu sein.
Du machst aus jeder Kleinigkeit ein Drama!
Wieso sagst du mir nicht, warum du dich mit Zed geprügelt hast? Wie soll ich dir vertrauen, wenn du mir alles Mögliche verheimlichst?
Kümmere dich um deinen eigenen Kram.
Er verschweigt mir etwas, und ich verstehe nicht, warum.
Ich bin ziemlich sicher, dass es nichts mit mir zu tun hat, aber wenn mir Hardin keine Antworten liefert, muss ich einen anderen Weg einschlagen.
RUMMS!

Zed? Hier ist Tessa. Darf ich dich etwas fragen?
Äh wo ist Hardin? Ich halte das für keine gute Idee, Tessa …
Warum habt ihr euch geprügelt?
Tut mir leid, ich muss auflegen.
Was zum …? Ich war zwar nicht sicher, ob er es mir erzählen würde, aber diese Reaktion hatte ich definitiv nicht erwartet.
Sehr seltsam. Es war fast, als hätte Zed Angst gehabt, mit mir zu reden. Aber warum? Täusche ich mich etwa? Hat es etwa doch mit mir zu tun?
Warum ist Hardin **derart ausgerastet,** als ich ihn nach Jace und Zed gefragt habe? Vielleicht kann mir Steph sagen, warum sich Zed und Hardin geprügelt haben.
Hardin flippt garantiert aus, wenn er hört, was ich hier treibe.

Steph ist nicht im Wohnheim, also fahre ich zu der Bar, in die sie mich neulich mitgenommen hat. Dort steht Nates Wagen auf dem Parkplatz. Hervorragend, ich habe nämlich mein Handy zu Hause liegen lassen.
Blind Bob's
Tessa! Lange nicht gesehen.
Nervosität erfasst mich, als ich das Lokal durchquere.
Du hast gestern eine krasse Party verpasst, Tessa.
Und, wie ist dein neues Heim?
Mein was?
Hardin sagte, du wärst in ein anderes Heim gezogen, weil deine Mutter ausgeflippt ist oder so.
Hardin und ich sind zusammengezogen. In eine Wohnung.
Was??

Ja, letzte Woche. Wir wohnen ungefähr zwanzig Minuten vom Campus entfernt.
Okay ... **Wow!**
Seltsame Vorstellung, dass Hardin mit jemandem zusammenwohnt. Ist ja **ganz schön ernst,** das mit euch beiden.
Tessa!
Mein Herz klopft wie wild. Irgendwie passiert gerade ***zu viel*** *auf einmal: Molly ist bei Hardin, was mich unsäglich wütend macht. Jace ist bei Hardin, was mich total verwirrt. Und meine Eröffnung, dass ich mit Hardin zusammengezogen bin, scheint alle sehr zu überraschen.*
Ich muss mit dir reden.
Worüber?
Was willst du hier, verdammt noch mal? Fahr nach Hause.
In das neue Heim, meinst du? Ich hab deine Lügen satt, Hardin!
Na, fahrt ihr jetzt in eure *Wohnung*?
Wohnung?

Ganz recht. Sie sind zusammengezogen.
Du treibst die Sache ein bisschen zu weit, oder?
Halt verdammt noch mal den Mund, Molly, sonst …
Welche Sache? Wovon redet sie, Hardin?
Tessa, geh raus!
Nein! Was ist hier los? Sag es mir!
Moment mal … Er hat dich eingeweiht, stimmt's?
Jace wollte mir nicht glauben, dass du es weißt. Du schuldest ihm einen Batzen Geld, Hardin.
Hardin wirkt fahrig und ist leichenblass geworden. Mir schwirrt der Kopf. Verwirrt schiele ich zu Nate, Tristan und Steph, doch ihre Blicke sind auf Hardin gerichtet.
Tu nicht so ahnungslos. Ich weiß, dass du es weißt. Habt ihr euch das Geld geteilt, du und Hardin?
Wovon zum Teufel redet sie, Hardin?

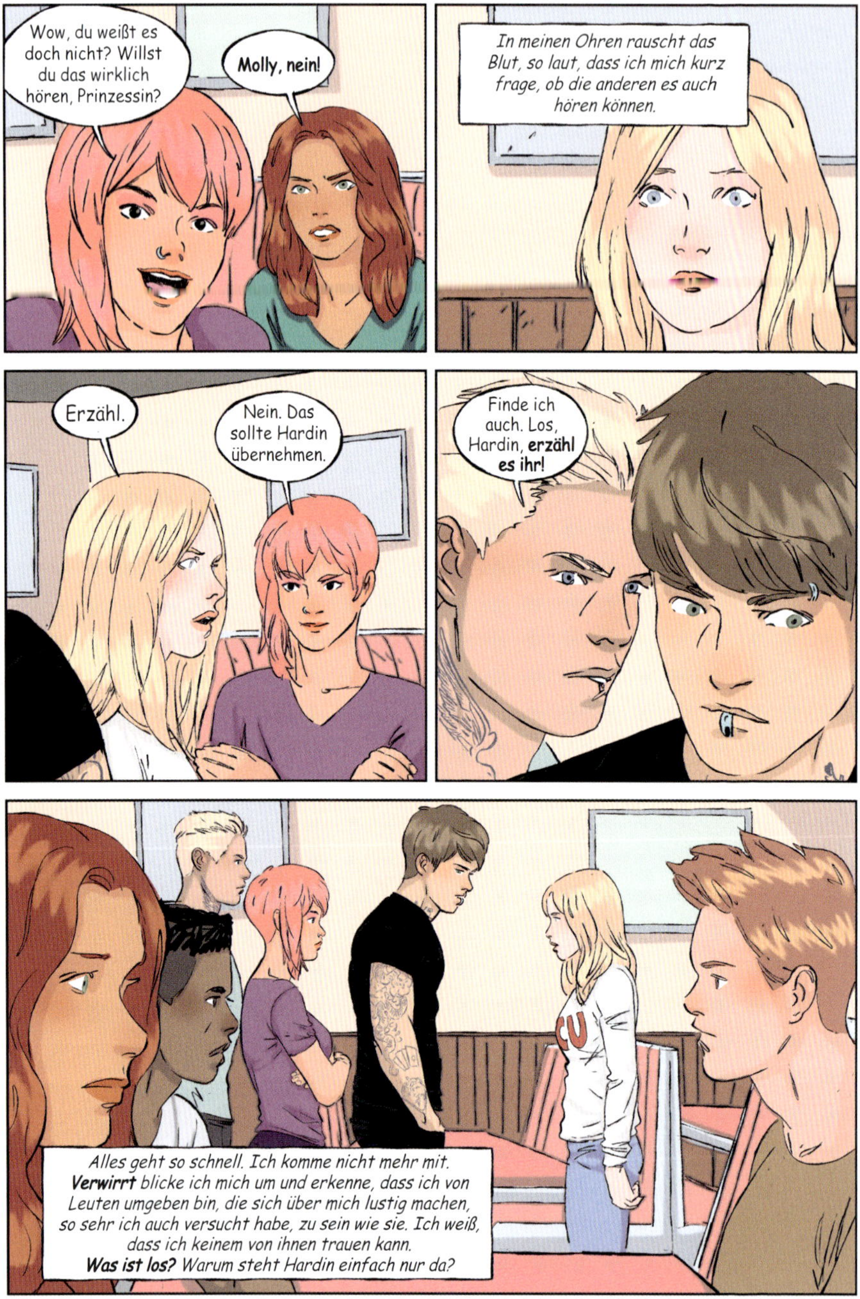

Wow, du weißt es doch nicht? Willst du das wirklich hören, Prinzessin?
Molly, nein!
In meinen Ohren rauscht das Blut, so laut, dass ich mich kurz frage, ob die anderen es auch hören können.
Erzähl.
Nein. Das sollte Hardin übernehmen.
Finde ich auch. Los, Hardin, **erzähl es ihr!**
*Alles geht so schnell. Ich komme nicht mehr mit. **Verwirrt** blicke ich mich um und erkenne, dass ich von Leuten umgeben bin, die sich über mich lustig machen, so sehr ich auch versucht habe, zu sein wie sie. Ich weiß, dass ich keinem von ihnen trauen kann. **Was ist los?** Warum steht Hardin einfach nur da?*

Ich ... erzähl's dir **draußen.**
Nein, du wirst es hier tun, vor allen anderen. **Schluss mit den Lügen.**
Es tut mir leid, Tessa. Denk daran, dass ich dich am Anfang noch gar nicht kannte.
Damals, auf der zweiten Party, auf der du warst ... haben wir Wahrheit oder Pflicht gespielt ... und als Nate gefragt hat, ob du Jungfrau bist, kam jemand auf die Idee ...
Jemand? **Wer denn?**
Ich kam auf die Idee ...
... eine lustige **Wette** abzuschließen.
NEIN!

Unzählige Andeutungen kommen mir in den Sinn. Die Luft scheint auf einen Schlag aus dem Raum entwichen zu sein, und ich ringe nach Atem, als mir dämmert, was passiert ist. Ich hatte die ganze Zeit das Gefühl, etwas zu übersehen. Es gab so viele Hinweise, ich war nur zu sehr geblendet von Hardin, um sie zu sehen.
Halt dich von ihm fern.
Manchmal glaubt man, jemanden zu kennen, aber …
Ich muss dir etwas sagen, Tessa.
Sei vorsichtig.
Du hast es gewusst?
Ich wollte es dir so oft sagen, Tessa.
Ich hab ihm nicht geglaubt, als er gesagt hat, er hätte gewonnen.
Ich auch nicht!
Hardin hat mir also die ganze Zeit über etwas vorgemacht. Für ihn war das alles nur ein Spiel. Ich bin wie betäubt. In meinem ganzen Leben bin ich noch nie so gedemütigt und enttäuscht worden.
Es wird dich freuen, dass der Wetteinsatz ziemlich hoch war.
Schade nur, dass ich Hardins Liebeserklärung vor versammelter Mannschaft verpasst habe.
Haltet endlich die Klappe! Es reicht!
Bitte sag doch was, Baby.
Warum, Hardin? Warum ausgerechnet ich?
Das klang täuschend ruhig, aber meine Wangen glühen vor Scham, und mein Herz ist in tausend Scherben zersprungen, von Hardin zermalmt.

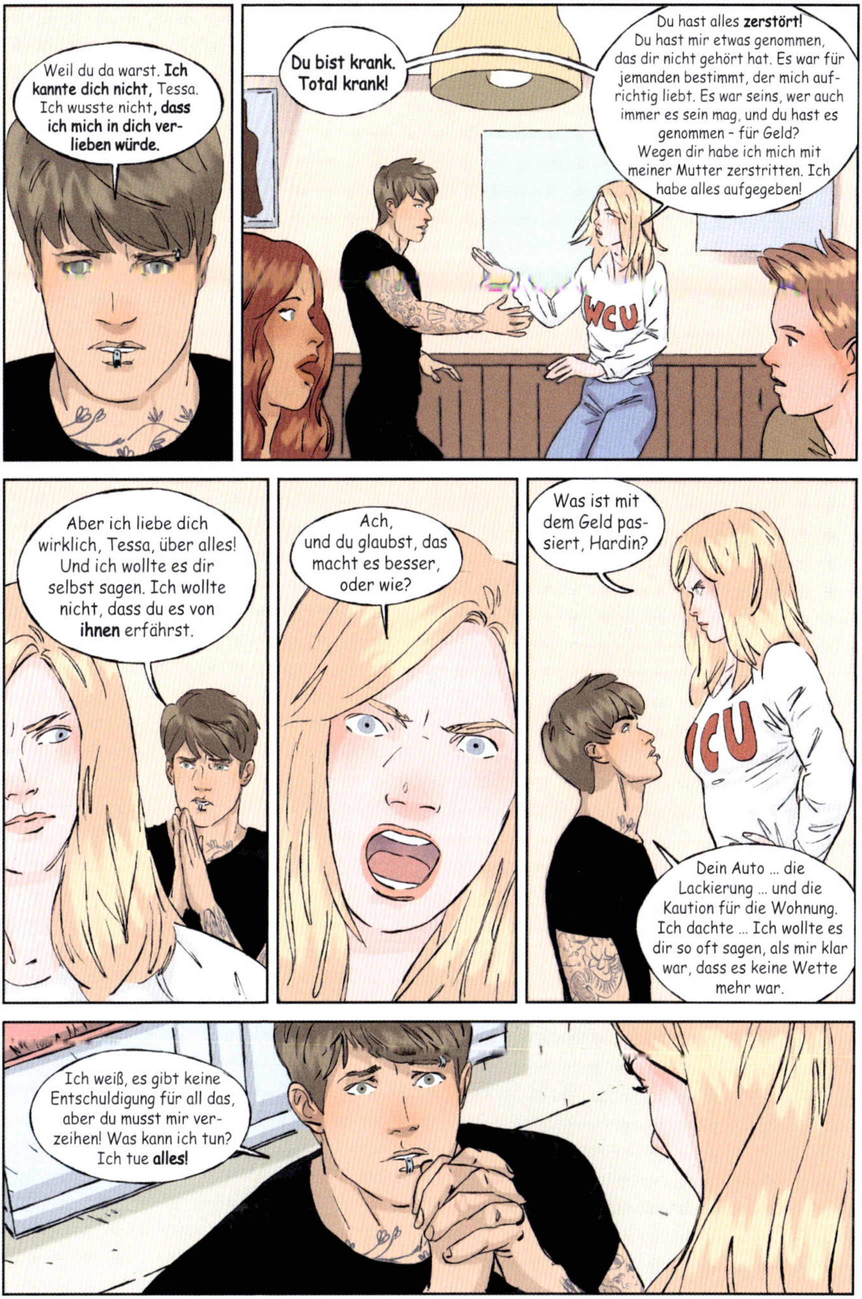
Weil du da warst. Ich kannte dich nicht, Tessa. Ich wusste nicht, dass ich mich in dich verlieben würde.
Du bist krank. Total krank!
Du hast alles zerstört! Du hast mir etwas genommen, das dir nicht gehört hat. Es war für jemanden bestimmt, der mich aufrichtig liebt. Es war seins, wer auch immer es sein mag, und du hast es genommen – für Geld? Wegen dir habe ich mich mit meiner Mutter zerstritten. Ich habe alles aufgegeben!
Aber ich liebe dich wirklich, Tessa, über alles! Und ich wollte es dir selbst sagen. Ich wollte nicht, dass du es von ihnen erfährst.
Ach, und du glaubst, das macht es besser, oder wie?
Was ist mit dem Geld passiert, Hardin?
Dein Auto … die Lackierung … und die Kaution für die Wohnung. Ich dachte … Ich wollte es dir so oft sagen, als mir klar war, dass es keine Wette mehr war.
Ich weiß, es gibt keine Entschuldigung für all das, aber du musst mir verzeihen! Was kann ich tun? Ich tue alles!

Du? Nichts. Du kannst nichts mehr für mich tun, Hardin.
DRINK SHARG
Tessa ...
Lass mich in Frieden! Ich weiß, dass du mit ihnen unter einer Decke steckst.
Ich bringe dich nach Hause. Es schneit, und du bist jetzt nicht in der Verfassung, zu fahren.
Tessa!
Ich kann mich kaum noch aufrecht halten vor Elend über Hardins Verrat. Noch nie habe ich einen solchen Schmerz gefühlt.
Gut, aber ich will nichts mehr hören.
Es tut mir so leid, Tessa.
Weißt du was? Ich will es doch hören. **Erzähl mir alles,** bis ins kleinste Detail.
Fortsetzung folgt ...

ZUSATZMATERIAL

UND EIN BLICK HINTER DIE KULISSEN

VON *AFTER PASSION TEIL 2*

AUTORIN ANNA TODD ÜBER DIE ADAPTION VON *AFTER PASSION* ALS GRAPHIC NOVEL

Hi Leute, hier ist Anna. Ich wollte im zweiten Band der Graphic Novel von *After passion* ein paar persönliche Worte an euch richten. Als Erstes möchte ich euch dafür danken, dass ihr die Serie fast ein Jahrzehnt nach dem Erscheinen des Romans noch immer unterstützt. Das bedeutet mir unheimlich viel und ist für mich noch genauso beglückend wie am ersten Tag unserer gemeinsamen Reise.

Wir haben unheimlich viel Arbeit und Energie in jede Seite dieses Buches gesteckt, wie ihr hoffentlich erkennen werdet, wenn ihr in die Liebesgeschichte von Tessa und Hardin eintaucht, sei es nun zum ersten oder zum wiederholten Mal. Die Adaption eines so populären Werks ist immer schwierig, aber ich habe mein Bestes gegeben, um der Geschichte, die ihr so liebt, möglichst treu zu bleiben. Es war eine sehr emotionale Erfahrung, diese Story, die ich am Anfang meiner Karriere geschrieben habe, noch einmal zu durchleben, und ich freue mich schon darauf, dieses Erlebnis mit euch zu teilen.

Ich hoffe, ihr habt viel Freude daran und könnt es schon jetzt kaum erwarten, den nächsten Band der Serie zu lesen, denn der ist bereits in Arbeit! Tausend Dank noch einmal für all die Liebe und Unterstützung, die ihr Hessa nach wie vor entgegenbringt.

Anna Todd xo

STECKBRIEFE DER FIGUREN

TESSA

- LIEBT KLASSISCHE LIEBESROMANE
- SCHLÄFT IN HARDINS T-SHIRTS
- HASST KETCHUP
- GUCKT ZUR ENTSPANNUNG TOM-HANKS-FILME
- VERSCHANZTE SICH IM GEWÄCHSHAUS, WENN ES STREIT ZWISCHEN IHREN ELTERN GAB

HARDIN

- FÄHRT EINEN 1970ER FORD CAPRI
- HÄLT SEINE GEDANKEN IN EINEM TAGEBUCH FEST
- LIEBT ES, TESSA ZU NECKEN
- ZITIERT HÄUFIG TOLSTOI UND HEMINGWAY
- LEBT IN DER GEGENWART UND DENKT NIE AN KONSEQUENZEN

JACE

- SEINE ELTERN ZOGEN WEG, ALS ER 19 WAR
- KIFFT UND STEIGT AUF HAUSDÄCHER, UM DEN MOND ZU BETRACHTEN
- HÄNGT AUF DEM CAMPUS RUM, STUDIERT ABER NICHT
- FING MIT 16 AN, BEI BLIND BOB'S ZU JOBBEN
- SCHLÄFT GERN, BIS SICH SEIN KÖRPER BESCHWERT

DAKOTA

- IHR HOMOSEXUELLER BRUDER WURDE ERMORDET
- SETZT SICH DESWEGEN FÜR LGBTQ-JUGENDLICHE EIN
- BESUCHT DIE SCHOOL OF AMERICAN BALLET
- MAG INDIE BANDS UND KONZERTBESUCHE

KIMBERLY

- SEHR LOYAL UND STETS BEREIT, FREUND*INNEN MUT ZU MACHEN
- WIRD AM STEUER ZUM SCHIMPFENDEN, HUPENDEN UNGEHEUER
- 12 JAHRE JÜNGER ALS CHRISTIAN VANCE
- GEHT GERN TANZEN
- SPRICHT FRANZÖSISCH

TREVOR

- ZAHLENFREAK
- LIEBT ITALIENISCHES ESSEN
- SPIELTE ALS TEENAGER IN EINER ROCK BAND
- LIEBLINGSMUSEUM: MET (METROPOLITAN MUSEUM OF ART)

CHRISTIAN VANCE

- INVESTOR IN EINEM JAZZ CLUB
- SEIN VERLAG HAT ZWEIGSTELLEN IN WASHINGTON, SEATTLE UND NEW YORK
- IST EIN WORKAHOLIC (WAS ER LEUGNET)
- INTERESSIERT SICH SEHR FÜR NEUE AUTOREN UND FINDET ES AUFREGEND, JUNGE LITERARISCHE STIMMEN ZU ENTDECKEN

INTERVIEW MIT ZEICHNER JAVIER ARANDA

1. Wie gehst du, ausgehend von meiner (Annas) Vorlage, bei der Übertragung deiner Vorstellungen von den jeweiligen Figuren aufs Papier vor?

Deine Arbeit ist eine unglaubliche Inspiration für mich, was die grafische Umsetzung der Figuren angeht. Du hast ihnen in deinen Büchern so viel Leben eingehaucht mit all ihren menschlichen Zügen, ihrer Verletzlichkeit und ihren Problemen, aber auch mit ihren Eigenheiten und Stärken – all das sind für mich Anhaltspunkte bei meinen Überlegungen, wie man die jeweilige Figur im betreffenden Panel (also Einzelbild) am besten darstellen könnte. Der Vorgängerband bildet die Basis, zugleich rufe ich mir stets die Persönlichkeit der wichtigsten Figuren in Erinnerung, wobei ich versuche, mir auch eine gewisse Spontaneität zu bewahren. Es ist nicht einfach, aber das Kreativteam unterstützt mich, und die harte Arbeit lohnt sich.

2. Wie gestaltet sich der Zeichenprozess bei dir?

Zunächst führe ich mir einmal ganz entspannt das Manuskript zu Gemüte. Beim zweiten Durchlauf mache ich mir Notizen und überlege mir die Anordnung der Panels, also Einzelbilder, auf der Seite, sprich, die Form und Reihenfolge, in der ich sie kombiniere, um einen bestimmten Rhythmus und Erzählfluss zu erzielen. Ein Panel im Querformat wirkt anders als mehrere schmale oder quadratische nebeneinander. Zudem bestimmt die Form der Panels das Erzähltempo. Diese Phase ist wichtig, denn sie bildet die Grundlage für die darauffolgenden Arbeitsschritte. Danach lege ich mir ein sehr vorläufiges Layout zur Platzierung der Figuren und Szenerie zurecht. In diese Entwürfe füge ich auch bereits die Sprechblasen ein, denn sie sind ein weiteres narratives Element, das sich harmonisch ins grafische Gesamtkonzept jedes Panels einfügen muss.
In den letzten beiden Phasen entstehen dann die finalen Zeichnungen – erst Bleistift, dann Tusche.

3. Hast du im zweiten Band eine Lieblingsszene oder Lieblingsseite?

Alle Szenen mit Tessa und Hardin. Wie sie in der Beziehung interagieren, ihre Unsicherheit, ihre Leidenschaft, ihre Geheimnisse … Wie gelingt es ihnen, sämtlichen Widrigkeiten zum Trotz zusammen zu sein? Jeder, der schon einmal eine fordernde Beziehung hatte, wird sich unwillkürlich mit einigen dieser Situationen identifizieren. Ich finde sie beide superspannend! :)

4. Erzähl uns ein wenig über den Entstehungsprozess bei einer Graphic Novel. Was ist das Schwierigste, was machst am meisten Spaß?

Die größte Herausforderung sind zweifellos die Szenen mit vielen Figuren, von denen ja jede ihre eigene Stimme und Persönlichkeit hat. Es ist wichtig, all das möglichst genau einzufangen und darzustellen. Zum Glück greift mir das Lektoratsteam des Projekts dabei tatkräftig unter die Arme und sorgt für die nötige Kontinuität.
Am schönsten finde ich es immer, Werners tolle Kolorierung zu sehen. Er bereichert damit die Seiten und verpasst ihnen den ultimativen künstlerischen Touch. Oft entdecke ich Details, die meiner Arbeit noch mehr Tiefe und der jeweiligen Seite damit eine ganz neue Qualität verleihen.
Ich habe schon zahlreiche Comics für den US-amerikanischen Markt und internationale Kinder-Franchise-Projekte wie LEGO Star Wars gemacht, aber eine Graphic-Novel-Liebesgeschichte habe ich noch nie gezeichnet. Ich lerne unheimlich viel, und ich begegne diesem Genre nun mit noch mehr Respekt als zuvor.

5. Wen fandest du am schwierigsten zu zeichnen?

Tessa. Sie ist die treibende Kraft der Geschichte, die Säule, auf der das gesamte Gebäude ruht. Mir war von Anfang an bewusst, wie wichtig sie ist und was für eine enorme Verantwortung es darstellt, sie möglichst so zu zeichnen, dass die Fans und die Leserschaft der Romanreihe zufrieden sind. Dabei ging es nicht so sehr um die nötigen technischen Fertigkeiten als Zeichner, sondern um die Fähigkeit, Tessas Persönlichkeit bestmöglich gerecht zu werden – und mich dabei an Pablos fantastischen Stil im ersten Band anzupassen.
Das Zeichnen einer Graphic Novel gleicht einer Reise, und irgendwie habe ich das Gefühl, Tessa, Hardin und die übrigen Figuren nun viel besser zu kennen. Mittlerweile fühle ich mich rundum wohl mit ihnen.

6. Welche Figur hast du am liebsten gezeichnet?

Hardin. Ich mag seinen Kleidungsstil, ganz in Schwarz. Aber ich wäre gar nicht böse, wenn er sich die eine oder andere Tätowierung gespart hätte, hahaha …

7. Du hast den zweiten Band dieser Graphic Novel von einem anderen Zeichner übernommen. Wie hast du dir die Figuren zu eigen gemacht?

Ich muss zugeben, das war gar nicht einfach. Zuletzt habe ich für LEGO Star Wars und LEGO Ninjago gezeichnet, also etwas kindgerechtere Darstellungen mit präziserer Linienführung (die ebenfalls in mehreren Ländern zugleich erschienen sind und für einen großen Leserkreis bestimmt waren).

Mir einen Stil anzueignen, der unverkennbar die Züge meines Vorgängers trägt, vor allem bei einem so wichtigen Projekt, erforderte einen intensiven Anpassungsprozess, bei dem mir meine Lektorin Sophie äußerst geduldig und mit sehr präzisen Korrekturen beigestanden hat. Aber auch die Bücher und Filme waren eine große Hilfe.

8. Wann hat sich deine Zeichenleidenschaft erstmals bemerkbar gemacht? Hast du seit jeher davon geträumt, Illustrator zu werden?

Als ich drei Jahre alt war, lebte ich auf Mallorca, und dort besuchte uns mein Großvater mütterlicherseits und beobachtete mich eines Nachmittags dabei, wie ich winzige Zeichnungen auf Luftschlangen kritzelte. Er war der erste, der das bewusst zur Kenntnis nahm; bis dahin war es niemandem besonders aufgefallen. Für mich war das damals eine Art Automatismus, es geschah fast aus einer Notwendigkeit heraus. Ich betrachtete es nicht als ein Hobby, vielmehr *musste* ich diese Kritzeleien zu Papier bringen. Und als ich merkte, dass sie bei meiner Familie auf Interesse stießen, wurde mir klar, dass dieser Drang zu zeichnen eine richtige Leidenschaft und ein Way of Life werden konnte.

9. Die Graphic Novel erscheint in zahlreichen Ländern und wird deshalb in viele Sprachen übersetzt. Über welche davon freust du dich am meisten? Und wirst du alle Ausgaben sammeln?

Ich glaube, am aufregendsten wird für mich die spanische Ausgabe. Spanisch ist zwar meine Muttersprache, da ich jedoch nur für den englischsprachigen Markt arbeite, veröffentliche ich nie etwas auf Spanisch. Aber ich freue mich über jede Sprache – es ist ein Geschenk, dass die Graphic Novel dadurch überall auf der Erde Fans finden wird. 😊

10. Welchen Rat würdest du angehenden Illustrator*innen geben?

Ich betrachte mich als ewig Lernenden, weshalb Ratschläge zu erteilen nicht gerade zu meinen Stärken gehört, und vielleicht ist das hier auch nicht gerade der allerhilfreichste:
Für mich bildet das Scheitern den Mittelweg zwischen Erfolg und Kapitulation. Wenn Künstler*innen (oder Schriftsteller*innen, Unternehmer*innen …) das Gefühl haben, nicht aufgeben zu können, weil ihr Schaffen einen Teil ihrer Identität ausmacht und Aufgeben bedeuten würde, nicht mehr der Mensch zu sein, der man wirklich ist, dann dürfen sie ihr Scheitern nicht als Katastrophe betrachten. Es ist ein Lernprozess,

ein Erlebnis, aus dem sie neue Erkenntnisse ziehen, und diese Erkenntnisse sind Werkzeuge, die ihnen neue, bessere Möglichen eröffnen, um ihrer Leidenschaft zu frönen und ihre Ziele zu erreichen.

Und meistens ist es an sich schon ein großer Erfolg, einer Tätigkeit nachgehen zu können, die einen glücklich und zufrieden macht.

ENTSTEHUNG DER ILLUSTRATIONEN

WCU

WCU